致青春 104

娛樂圈是我的，我是你的

【第二部】燈火璀璨

（下）

春刀寒　著

高寶書版集團

目錄
CONTENTS

第二十一章　追女友攻略

他說完這句話，眼前女孩的眼睛一下子睜得好大。她像是嚇到了，櫻唇微張，表情愣在臉上，眼睛霧濛濛的，直愣愣看著他。

他的手還撫著她的後頸，令她不得不微微仰著頭，他俯身時，溫熱的呼吸細碎地灑在她臉頰上。

許摘星大腦當機了好久好久。

樓下不知道是哪個熊孩子在放鞭炮，砰一聲，將她驚嚇回神。

她的睫毛猛地顫了顫，心臟在安靜的房間裡瘋狂跳動，但表情還是愣著，抿了下唇，才用小氣音結結巴巴地說：「哥哥，你、你……我、我不明白你……你的意思。」

昏暗光線中，看見他笑了一下。

下一秒，他低頭吻住她的唇。

冰涼又柔軟的觸感從嘴唇一路麻到了大腦。

許摘星瞳孔放大到極致，下意識想躲。

岑風手掌死死扣住她的後頸，逼迫她抬頭迎合。

但也只是嘴唇相貼，他沒有更進一步，在她憋紅了臉快要窒息的時才終於離開，啞著聲音問：「現在明白了嗎？」

許摘星說不出話，像是在看著他，又像是在放空，整個人已經木掉了。

緊接著身子一軟，就要癱下去。

岑風一把撈住她，手臂環過她的腰，俯身把她抱了起來。

許摘星蹬兩下腿，聲音卡在嗓子眼，緊緊閉上眼，整個腦子裡都在放煙花，炸得她暈頭轉向嗡嗡作響。

岑風把她放到沙發上。

然後開了燈。

走近才發現她連兩隻小腳都羞紅了，整個人好像燒了起來，原本雪白的耳後尤為明顯，像鮮豔欲滴的水蜜桃。

他的眼眸愈深，喉結滾了一下。

許摘星頭一次在總是清冷的愛豆眼中看到了慾望。

好不容易冷靜一點的腦子又炸了。

怎麼辦怎麼辦？這麼快嗎？要來了嗎？她要拒絕還是答應啊？

她雖然是女友粉可有賊心沒賊膽啊！

但是也不好拒絕的吧？這可是她的愛豆啊！

就在這嗎？不去床上嗎？啊啊啊啊不行她還沒做好準備啊！

腦內天人交戰的小朋友緊張兮兮地咬著嘴唇，看著愛豆一步步走近，在她身邊坐了下來，然後拿起遙控器打開電視。

打開電視？

嘈雜的聲音一下子打破安靜曖昧的氣氛。

許摘星直愣愣地看著愛豆拿著遙控器換臺，最後選了體育臺的籃球比賽，身子微微朝後一靠，神情淡然看起比賽。

許摘星：？？？？？

這是什麼奇怪的走向啊？

只有我一個人還沉浸在剛才那個吻裡嗎？那可是我的初吻啊！是怎麼做到親完之後一臉若無其事還看起電視啊？

不知道過去多久，岑風轉過頭來，看到女孩委屈兮兮滿眼幽怨地看著他。

他有點想笑，把電視聲音關小了，才問：「回過神來了嗎？」

許摘星小嘴一撇。

他繼續問：「明白我的意思了嗎？」

她又開始不好意思了，眼神閃閃躲躲的，不敢跟他直視。

岑風沒再逼問她。

口袋裡的手機震了起來，他接通電話，那頭是尤桃：『老闆，明早有你的戲，你趕得回來嗎？』

他淡聲說：「我訂了淩晨的飛機，放心。」

掛了電話，一直垂頭不語的許摘星才抬起頭，偷偷看過來。岑風把手機放回外套口袋，伸手摸一下她的頭，低聲說：「我要走了。」

她的眼角有點紅，聲音也小小的：「哥哥對不起，讓你擔心了。」

他笑了笑，「沒有，妳沒事就好。」頓了頓，又說：「謝謝妳。」

一直以來的陰霾，一直以來藏在他心底的那根刺，讓他不能放下戒備，甚至不敢向心愛的女孩說喜歡，怕今後牽連。

現在被她拔掉了。

她給他的豈止是愛。

但他不能利用這份愛，逼她答應她還沒完全接受的事情。

岑風站起身，重新戴好帽子，許摘星踩著光腳噠噠噠把他送到玄關處。她臉上的紅暈還沒散，欲言又止地揮了揮手：「哥哥再見，路上小心。」

他從衣服口袋裡掏出口罩戴在臉上，伸手握住門把手時，又回過身來，聲音隔著口罩，有一點點悶：「許摘星。」

她像是被嚇到了：「啊？」

他笑了笑：「還有四個月時間。」

許摘星看著他。

他突然伸手，大拇指輕輕從她唇上揩過。

充滿情欲的動作。

她聽到他說：「用這四個月，慢慢想明白我是什麼意思。」

冷風從推開的門外捲進來，許摘星打了個哆嗦，他走出去，很溫柔地關上了門。

屋內只剩下她一個人。

許摘星站在原地愣了好久，然後捂著臉無聲尖叫了幾聲，轉身一路飛奔回臥室，撲在床上用被子把自己裹起來，瘋了似的撲騰了半天。

啊啊啊啊啊啊啊啊啊啊啊啊啊啊原地升天！

我被愛豆親了！

我被我喜歡的男生親了！

這是愛豆的初吻吧？

啊啊啊啊啊啊啊啊我奪走了愛豆的初吻！

啊啊啊啊啊啊啊怎麼辦又激動又緊張又愧疚又複雜他怎麼那麼欲靠靠靠靠差一點就沒把持住可是事業上升期不能談戀愛嗚嗚我不能成為他事業路上的絆腳石啊！

太難了。

我真是太難了。

不慌！穩住！

還有四個月，讓我先躲一段時間！

慢慢想慢慢想，不要慌！

許摘星決定做其他事轉移注意力，她現在心跳一百八，再這麼下去就要出事了！

她從被窩裡掙扎著爬出來，拿起手機翻了翻，把睡覺期間沒接的電話沒回的訊息都回了。都是看見新聞後關心她情況的，許延最近在國外出差，也是看到新聞才知道。

一開始打許摘星電話沒人接，又打到公司，一問助理才知道這事從頭到尾都是她自己策劃的，氣到不行，現在接到她回電，劈頭蓋臉就是一頓罵，還說等他回來後要把那些連他一起瞞著的員工全部開除。

許摘星又是發誓又是道歉的，哄了半天才把她哥的氣消了，還讓他保證不會把這件事告訴她爸媽。

爸媽那邊倒是好安撫，畢竟他們以為是壞人勒索女兒，不知道這事其實是女兒自導自演，知道她沒事也就安心了。

睡了一天，有關這件事的熱度依舊沒降。

有行銷號把岑風從小到大的身世經歷做了梳理，這樣一看，才真的切實體會到他以前的生活有多黑暗。

那些年他是怎麼熬過來的，想都不敢想。

他為什麼會養成現在這個性格，為什麼眼底總是一片漠然，全部都說得通了。

這個世界這樣待他，還指望他愛這個世界嗎？

有網友說，如果是我的話，可能早就想跟這個世界同歸於盡了。

可他的溫柔善良依舊有跡可循，他雖然冷漠，但眼裡從無惡意。

辰星黨嗷嗷直哭把話題哭上了熱門，哭著大喊道：不啊！他眼裡不是只有冷漠啊！他看妹妹的時候眼神溫柔笑容明亮，像發著光一樣啊！妹妹就是他追尋的光啊！妹妹就是他生命裡唯一的太陽啊！

因為妳，我願意重新熱愛這個世界。

這是什麼絕美愛情！

也太好嗑了吧！

網友們瘋狂嗑糖的時候，岑風獨自一人現身B市機場的照片也被媒體拍到傳上網路。

大家都知道他前段時間進劇組，去一個海邊小鎮拍電影。

此時此刻，卻獨自出現在機場。

他來回的照片都被拍了，六點多到達，十一點多又乘機離開。區區幾個小時，他是回來幹什麼的？

這難道還不明顯嗎？

我靠這他媽也太甜了！明明一通電話就可以解決的事，他卻偏偏要不遠萬里坐飛機趕回來親眼確認妹妹是否平安！

辰星黨：只有妹妹才會讓一向冷靜的哥哥方寸大亂！辰星是真的！結婚！我命令你們馬上結婚！

一時之間，全網嗑ＣＰ，辰星粉絲社群在創建幾年以來，終於榮登第一。

而風箏們的態度竟然很……

很平和？

手撕ＣＰ黨的劇情並沒有出現。

她們已經被虐到只要愛豆從今以後平安健康，什麼事都無所謂的程度了。

還有人說：

『如果是若若的話，我覺得可以……』

『＋1，我也覺得，雖然我是女友粉，但我配不上他，若若才配得上。』

『孩子太苦了，老母親的淚已經流盡了。他從小到大都沒有家，我現在只希望他早點擁有屬於自己的家，體會到家的溫暖。』

『我現在連少偶都不敢看了，初期的眼神狀態是真的虐，我們那個時候怎麼光顧著舔顏，沒有發現他其實在痛苦裡掙扎啊。』

『別說了，我現在看著他笑都想哭。妳們記不記得，初期他真的很少笑，少偶播到第三期他才第一次笑，連笑都覺得困難的寶貝啊，我的心都要碎了。』

『現在笑容漸漸多了，但是笑得最溫柔最開心的，還是在直播裡跟若若互動的時候。』

『對對對！眼裡都發著光一樣，他跟若若在一起的時候才像個有生氣有活力的大男孩，平時真的，完全是封閉起來的狀態。』

『所以若若什麼時候給我哥一個家，我受不了他繼續這樣一個人過下去了。我簡直不敢想像他一個人在家的時候是什麼狀態，會胡思亂想什麼，他現在還在拍憂鬱症的電影，我感覺我要瘋了。』

『@你若化成風，搞快點！給哥哥一個家！』

『@你若化成風，按頭戀愛！別讓他一個人求求了QAQ！』

突然收到無數@的許摘星：？？？

CP粉嗑糖就算了，你們唯粉湊什麼熱鬧？

還有粉圈的樣子嗎！

風圈話題被娛樂八卦號截了圖，掛出去之後網友們笑了三天三夜。

人家粉圈都是戀愛脫粉！炒ＣＰ往死裡打！房子塌了！

怎麼在你們這裡，還按頭女方跟你家哥哥搞快點啊？

怎麼還逼婚了？

這麼著急要你們哥哥娶老婆他本人知道嗎？

你們風家簡直是粉圈的一股泥石流，作為頂流這麼搞，你讓別的小流量怎麼想？萬一別人有樣學樣怎麼辦？

路人倒是很清醒：等他們有岑風那個實力再說吧。

不是誰都能在流量巔峰期放棄資本市場轉投話劇圈，還能展現出爐火純青的演技。

也有黑粉趁機冒頭嘲諷道：以許摘星的身分地位，她們當然希望主子能抱一輩子大腿啊。倒貼誰不樂意啊？

這次不用風箏出手，路人直接把這些黑子掐死了。

『說真的，以岑風的實力和人氣，就算沒有許摘星他一樣能風生水起。』

『我一直覺得在一段感情裡互相喜歡比什麼都重要，愛情不應該被身分和地位左右。許摘星那麼喜歡岑風，目前從ＣＰ粉剪的影片來看岑風對許摘星也不一樣，互相喜歡，理應相愛。』

『弱者才能稱為抱大腿，強者跟強者在一起那叫強強聯合，傻子懂不懂？』

『岑風的工作室業務能力挺強的，跟辰星只能算是合作共贏的關係吧，怎麼也扯不到倒貼上去。』

『難道岑風不跟許摘星在一起，許摘星就不塞資源不維護他了？這之間沒有什麼必然關聯吧？相反的岑風的粉絲能這麼相挺讓我意外和驚喜的。只想他好，不嫉妒不拉踩，這種全心全意愛對方的感情在粉圈太少見了。』

『我純路人，岑風這麼慘，我也希望他能早點擁有一個愛他的妻子，擁有一個完整的家，遑論粉絲了。』

許摘星突然有一種被全網集體催婚的感覺，嚇得她好幾天不敢上社群。

幹什麼啊！愛豆本人還給了我四個月的時間，你們為什麼一副恨不得下一刻就要把我綁到愛豆床上的樣子？

群組裡的小姐妹也每天不厭其煩地騷擾她。

小七：『若若今天和哥哥在一起了嗎？』

若若：『沒有沒有沒有！我不配我不配我不配！』

阿花：『唉，妳不配誰配，妳必須配。』

阿風媽：『我兒子在海邊拍電影那麼辛苦，兒媳婦有去探班嗎？』

若若：『誰是妳兒媳婦？泥奏凱！』

箐箐：『人去不了，禮物啊問候啊要到哈，男孩子就是要追的嘛。』

若若：『妳們是不是有毒啊！這是粉絲群組不是CP群組啊！』

才沒人理她呢。

✦

海邊拍戲確實辛苦，早出晚歸，風又大，岑風的皮膚都變差了一些，尤桃和巴國每天監督他敷面膜。

趁著老闆敷面膜的時候，尤桃把社群截圖給他看。

「老闆，你的粉絲在幫你追大小姐。」

「還列了一個男生追女生的十大方法。」

「還幫你算好了最近幾年適合結婚的黃道吉日。」

「連你們孩子的名字都想好了。」

岑風：「……」

敷完面膜，幾個月社群不營業的愛豆突然上線了。

你的小寶貝岑風空降話題啦。

你的小寶貝岑風發文啦。

——@岑風：『謝謝大家。』

風箏：？？？

謝什麼？我們最近幹什麼了嗎？寶貝你把話說清楚啊！

等等！這是哥哥第一次來粉絲社群！還是哥哥第一次在這裡發文！趕快看看最近都在聊什麼。

一看，都在——聊怎麼幫愛豆把許摘星搞到手。

風箏：靠？

哥哥原來你是在跟我們謝這個嗎？

啊啊啊啊啊啊啊不用謝啊！只要是你喜歡的，我們都會努力幫你追的！只要你開心，只要你經常笑，只要你從今往後一生無憂啊！

嗚嗚嗚你開開心心健健康康比什麼都重要啊。

粉絲再多的愛都離你太遠了，如果有個人可以在你身邊給你溫暖，我們都願意啊。我們不吃醋，不鬧脾氣，我們永遠盼著你好。

辰星黨：我靠靠靠正主發糖蓋章了！啊啊啊啊啊嗑到真的了！

風箏&辰星黨：許摘星妳搞快點不要再狗了！

岑風發的貼文被粉絲分享上了熱門第一。

『謝謝你們』這種措辭太常見，網友都沒放在心上。

只不過點開留言便覺得有點奇怪。

熱門留言第一：『哥哥不用謝！只要你喜歡，仙女也幫你追到手！』

熱門留言第二：『哥哥不要急！我們在想辦法了！直接打暈綁到你床上怎麼樣？』

熱門留言第三：『哥哥，分享一個文章給你（網址：追女孩子的十大技巧）。』

熱門留言第四：『嗚嗚嗚我要當奶奶了。』

網友：？

八卦論壇開文：『所以這是岑風在追許摘星實錘嗎？』

『許摘星是人嗎居然還讓愛豆追？難道不應該洗乾淨躺上去自己動？（開玩笑的）。』

『許摘星在富二代圈子真的很紅，漂亮又有能力，很多公子哥喜歡的，岑風其實沒什麼優勢，還要加把火啊，我都替他急。』

『屁！岑風還沒優勢嗎？他最大的優勢就是許摘星死心塌地的喜歡啊，現在只差臨門一腳，應該還是許摘星的粉絲心態作祟。』

『之前從富二代朋友那裡看到一個八卦，許摘星的父母幫她安排了相親，對方很喜歡她，但是她的態度很冷淡，人家問她平時在忙什麼，她說忙追星，笑死我了。』

許摘星瑟瑟發抖，不敢上線。

每天腦袋裡兩個小人在打架，一個說著妳不配，一個說著我愛他，在粉絲和女友之間來回切換，緊張地數著四個月的時間一天天過去。

偏偏愛豆還不讓她冷靜。

沒過幾天，她開始每天收到禮物。

第一天是一束紅玫瑰。

這還是她兩輩子加起來第一次收到玫瑰花。

快遞小哥笑臉洋溢，還跟她說：「祝妳幸福！」

許摘星：？

她一開始不知道是誰送的，還有點不想要，快遞小哥查看了下單資訊，非常熱情：「下單人沒寫全名，只有一個風字哦。」

靠？

愛豆送的？

許摘星忙不迭接了過來，一路小心翼翼抱著，邊走邊低頭嗅嗅，明明努力憋著，但嘴角還是忍不住往上翹。

抱回家後洗了一個花瓶出來，裝上水，拆開包裝一朵一朵插在花瓶裡。先是把花放在電視櫃上，蹲著看了一陣子，不好，又放在茶几上。看了一陣子，還是覺得不好，又抱到臥室去，放在床頭櫃上。

這下子心滿意足了，晚上睡覺的時候都朝著玫瑰花的方向，一下子睜眼看看，一下子睜眼看看，整顆心臟快被甜溺了。

第二天是一個草莓蛋糕。

蛋糕上有某高級五星主廚的logo，這家蛋糕特別難訂，每天只接二十單，預約都排到幾百單外了。雖然她有白金卡可以現訂現做，但突然送貨上門還是很驚喜。

送貨小妹微笑著說：「岑先生祝您用餐愉快哦。」

於是許摘星直接沒吃晚飯，把整個蛋糕都吃完了。

第三天她收到一個快遞，拆開之後是一個玻璃瓶，裡面裝滿了五顏六色的小貝殼，特別漂亮，打開之後，還能聞到海的味道。

沒多久尤桃傳了幾張照片過來。

是岑風光著腳穿著白襯衫在海邊的照片。雖然只有背影和俯身的側臉，但還是帥得許摘星心肝亂顫。

上天摘星星給你呀：『還有沒有！再來幾張！』

油桃：『老闆昨天上午沒戲，在海邊撿了一上午的貝殼。』

許摘星：？？？

她心臟狂跳，唇角瘋狂上揚，蹲在沙發邊把玻璃瓶裡的小貝殼全部倒了出來，一個一個捧在掌心看了半天，又小心翼翼裝回去。

第四天她收到一箱口紅。

沒錯，一大箱。

大概有幾百隻，每個牌子的每種經典色號都有，她這輩子都不用買口紅了。

許摘星抱著膝蓋蹲在箱子前，陷入深深的沉思。

第五天，她收到愛豆傳來的訊息，問她：『花枯了嗎？』

許摘星回憶一下，老老實實回答：『有一點點。』

於是下午她又收到了一束鮮豔欲滴的紅玫瑰，還有最新限量款的芭比娃娃。

許摘星已經很多年不玩芭比娃娃了。

雖然她現在的臥室窗臺上還是擺著一排芭比娃娃，但那是她剛來B市讀大學的時候爸媽擔心她一個人生活不習慣，專門讓她帶上的啊！

愛豆是不是對她有什麼誤會？

到了第六天，她收到一盒機械版的動物世界。

都是用機械組裝的巴掌大小的小動物，有小貓、小獅子、小老虎、小企鵝。明明都是用冷冰冰的機械組裝的，但卻透著乖巧的萌感。

有發條，一擰還會動。

許摘星把十幾隻小動物放在地板上全部擰開，看它們搖搖擺擺來來回回地滿屋亂跑，那隻小老虎居然還會唱歌！

它一邊跑一邊唱「兩隻老虎兩隻老虎跑得快」。

許摘星差點笑暈過去。

愛豆的手也太巧了吧！

玩夠了，她把小動物收起來，跟乖乖和巧巧放在一起。

天已經黑了，她爬上床，聞到床邊淡淡的玫瑰花香。

在被窩裡打了個滾，最後還是忍不住拿出手機，撥通了愛豆的電話。

響了好一陣子才有人接，他那邊應該還沒下戲，背景音有些嘈雜，但聲音卻還是清晰柔聲問她：『怎麼了？』

許摘星埋在被窩裡，扭捏了半天才哼哼唧唧問出口：「哥哥，你做什麼啊？」

那頭明知故問：『什麼做什麼？』

她手指捲著床單：「就……就每天送禮物啊！」

電話那頭笑了一聲。

許摘星被他笑得全身發麻。

然後聽到他說：『看不出來嗎？我在追妳。』

第二十二章　見父母

許摘星也不是沒被男生追過。

就拿周明昱來說，追了她整整一個高中時代，比這更貴重的禮物她都收過，但都讓她覺得煩，想兩腳踹開。

放在愛豆身上，當聽到他說「我在追你」，許摘星感覺自己像飄在雲端一樣，在整片連綿柔軟的雲層裡開心地打滾，只差一秒，就要對著他喊出「不用追我本來就是你的！」羞澀讓她忍住了。

她覺得熱，兩三下把身上的被子蹬開，聲音也變得清透起來，帶著一絲她自己都未察覺的甜蜜：「哥哥，其實不用這樣的……」

他故作疑惑：『那要怎麼樣？』

許摘星默了一下。

那頭笑起來：『好了，乖。』

許摘星被他這句「乖」蘇得骨頭都麻掉了。

啊啊啊啊啊這誰撐得住他媽的她用不了四個月就能想明白了！

之後的日子，每天收禮物成了她最期待最開心的事。收了一段時間後，愛豆每晚不管多忙，在她睡前都會打視訊電話過來。

看著螢幕裡三百六十度無死角的絕世帥臉笑著對她說晚安好夢，許摘星覺得自己離升天不遠了。

愛豆怎麼突然這麼會啊？

許摘星覺得不對勁。

這個套路有點眼熟，好像在哪裡看過。

她努力回想了一下，想起上次他說「謝謝大家」那則貼文裡，熱門第三的留言：『網址：男生追女生的十大技巧。』

她當時還點進去看過。

把愛豆的社群翻出來，戳進那個網址，頁面跳轉之後，很快出現文字：

追女生是們技術，其中各種彎彎繞繞，博大精深，下面只羅列最簡單也是最精髓的十大方法：

一、瘋狂送禮物。沒有女孩子能抵擋得住禮物的攻勢！沒有！玫瑰、蛋糕、口紅、包包一套走起來！不要捨不得花錢！女孩子不僅要富養，還要富追！

二、用禮物敲開她的心，你已經成功了一半！接下來就是刷存在感，每天早晚安好夢愛妳說起來！讓她感受到你隨時都在！

許摘星：？？？

什麼鬼啊！愛豆原來是照著這個攻略在追人嗎？

這他媽是哪個風箏幫他出的餿主意啊！

可是照著攻略追我的愛豆好可愛哦QAQ。

啊啊啊啊他媽的受不了了她現在就想搭飛機的飛到他身邊告訴他，不用追啦！我是你的，一直都是！

許摘星偷偷打電話給尤桃，詢問拍攝進度。

尤桃說：『這邊的取景快結束了，下週要去S市。』

海邊小鎮的戲份是《荒原》男主角少年時期的劇情，岑風這時候扮演的是十六歲的少年，屆時劇情會以回憶插播的形式出現。

到了S市，就要拍他成年後的劇情了。

去海邊小鎮探班實在是有點引人注目，現在剛好他要去S市，她可以提前回家等他，到時候再去劇組就非常名正言順了！

而且再過不久要過年了，她還可以陪他吃年夜飯！

許摘星美滋滋做完決定，暫時壓下想飛奔去見他的衝動，在公司加了幾天班，把手頭的工作和專案都處理了，然後收拾收拾，拎著行李回到了S市。

許母這次倒沒說「妳怎麼又回來了」這句話，畢竟前不久女兒被人勒索上了新聞，著實讓他們擔心了好一陣子，現在見到她心才澈底定了。

許父聽說女兒回來了，下午早早跑回家，見到許摘星又是一頓搓揉，許摘星一臉嫌棄地凶他：「這次不准騙我去相親了！」

許父：「好好好，不騙妳不騙妳，我這次一定提前跟妳商量。」

許摘星：「……」

他樂呵呵地掏出手機點開相簿，神神祕祕地遞到她面前：「妳選選看，喜歡哪個？」

相簿裡全是的男青年照片。

許摘星簡直又氣又想笑：「我選妃啊？」

許父摸摸自己的啤酒肚：「爸爸這次很尊重妳的意見吧？妳選選，要是一個也不喜歡，妳等我再幫妳換一批。」

許摘星：「……」

真是讓人頭疼。

回家後許摘星就從獨立女性變成了懶癌晚期患者，飯來張口衣來伸手，當起了真正的大小姐。

臨近年關，四處都是年味，她還跟著保姆一起包餃子，打算去劇組探班的時候帶一盒自己親手包的餃子給愛豆！

《荒原》劇組很快從海邊小鎮轉移到了S市的某個拍攝基地。

等劇組安定下來，拍了兩天進入正軌，許摘星讓尤桃安排了探班的時間。一大早，提著蒸好的餃子高高興興前往劇組。

到門口的時候，尤桃已經站在那等她了。

接過她在路上買的幾大袋水果，邊走邊道：「今天是室內的戲，已經在拍了。」

許摘星從來沒見過愛豆拍戲，小心臟撲通撲通興奮到不行，問她：「他的狀態怎麼樣？」

尤桃豎了下大拇指：「一級棒，演技絕了。」

許摘星一臉驕傲，像誇的是自己一樣。

一路坐電梯上了樓，這次的取景地點是一個裝潢好的三室一廳，在電影裡是男主角江野的家。

門外門內都站著工作人員，大家知道今天辰星的董事長要來探班，看到許摘星過來，小聲跟她打招呼。

客廳正在拍著，大家的聲音不敢太大，尤桃把水果和裝餃子的飯盒放到隔壁工作區，然後領著許摘星往現場走去。

周圍架滿了機器，滕文導演還是戴著他那個獵鹿帽，拿著對講機坐在螢幕前。

客廳的窗簾拉著，透著令人生悶的暗，房間裡空蕩蕩的，顯得有些冷清，茶几上擺了一堆雜七雜八的食物，還有啤酒罐。

電視上在播國際新聞。

岑風靠著沙發坐在地上，鬍子拉碴，頭髮淩亂，眼底有明顯的黑眼圈，像是一夜沒睡，整個人透出一種空洞的頹喪來。

許摘星只看一眼心就揪緊了。

尤桃輕輕握住她的手捏了捏，示意她沒事。

許摘星抿著唇，眼睛睜得有點大，靜悄悄看著還在戲中的愛豆。

他撐著一隻腿坐了好一陣子，眼珠子有些遲緩地轉了一下，把視線從電視轉到茶几上，看了兩眼後，又拿起手機，打開外賣軟體。

拍攝期間直接銜接下一幕，早就準備好的外賣演員提著食品袋在外面敲門，他起身走過去，薄薄一層家居服掛在身上晃晃蕩蕩，後背蝴蝶骨明顯。

應拍戲要求，他瘦了很多。

背影愈發消瘦。

外賣小哥聲音洪亮：「您好，您的外賣！」

他朝著對方禮貌地笑了一下：「謝謝。」

關上門後，他提著外賣袋子坐到飯桌旁。裡面是一個漢堡，幾塊炸雞，還有一杯冰可樂。

他的神情很平淡，就像普普通通吃一頓午飯，拿起漢堡咬了一口，臉色驟然有些痛苦，撲到垃圾桶邊吐了起來。

導演喊：「喀！」

岑風吐掉嘴裡的漢堡，接過水漱了漱口，導演說：「不行，沒有那種自然反胃的感覺，吃東西的鏡頭再試一次，等一下再補吐的鏡頭。」

桌上又換了新的漢堡。

他坐下來，繼續剛才的動作。

咬一口，嚼了兩下，臉色開始難看，撲向垃圾桶。

導演又喊了喀，「還是不行，再試一次，要有那種生理性的反胃的感覺。」

於是又試了一次，結果還是不行。

試了好幾次滕文都不滿意，不過他也不急，樂呵呵地說：「休息一下吧。」

岑風點點頭，轉身走過來時，才看到許摘星。剛才身上那種頹喪空洞的氣息一下子就沒了，他笑起來，眼神溫柔，大步朝她走近。

許摘星心裡頓時軟得不像話，乖乖喊他：「哥哥！」

他抬手摸摸她的頭：「什麼時候來的？」

她笑著說：「剛來不久！哥哥，我帶了餃子給你，我親手包的！」又轉身跟尤桃說：「把剛才的水果分給大家。」

劇組誰沒看過岑風與許摘星的八卦呢，都笑吟吟喊：「謝謝許董！」

許摘星的臉都被喊紅了。

岑風有單獨的休息間，餃子放在裡面，他在門口把巴國叫過來，低聲交代他兩句，進去的時候，許摘星已經把餃子端出來了。

還有醬料碟，聞起來很香。

她一臉興奮：「哥哥，快嚐嚐！」

岑風拿起筷子夾了一個，許摘星緊張兮兮地看著他：「好吃嗎？」

他點點頭，「好吃，香菇餡的。」

她的眼睛都笑彎了：「那多吃一點！」

岑風默了一下，溫聲說：「等一下還要拍吐戲，放在這裡我晚點再吃。」

許摘星趕緊點頭：「哦哦！好！」她看著他，滿眼心疼：「哥哥，你瘦了好多，下巴都尖了，還有鬍子。」

他笑著問：「有鬍子不好看嗎？」

許摘星：「好看！怎麼樣都好看！有一種頹廢美！」

他笑起來，低聲跟她解釋：「最近拍的是男主角憂鬱期間的狀態，形象需要貼近，要維持這種狀態一段時間。」

許摘星細細打量他，認真地囑咐：「那哥哥，戲是戲，現實是現實，千萬不要被戲中的狀態影響到了哦。」

「不會。」他嗓音溫柔：「現實裡有妳在。」

許摘星的心臟又開始狂跳。

好在很快有工作人員過來：「江野準備上戲了。」

在劇組裡大家都習慣直接喊劇裡的名字。

許摘星朝他比了下小拳頭：「哥哥加油！這次一定能一遍過！」

他笑著點點頭。

過去的時候，滕文又跟他講了講需要的狀態，岑風神情很平靜地聽完，抬頭問巴國：「買到了嗎？」

巴國從口袋裡掏出一個粉色的袋子：「買到了，你要的咖啡口味！」

大家有點好奇地看過去。

袋子裡裝的是咖啡糖。

岑風撕開包裝袋，把幾顆咖啡糖夾進漢堡裡。

現場的工作人員不知道他在幹什麼，只有滕文的眼神閃了閃，像是意識到什麼，嘴角牽起一抹笑，拿著對講機道：「準備。」

所有人就位。

岑風在餐桌前坐下來，幾秒之後，那種頹喪麻木的神情又回到他的臉上。

導演說：「Action！」

他很平靜地拿起桌上的漢堡，像吃一頓普通的午飯一樣，張嘴咬了下去。堅硬的咖啡糖順著麵包滑進嘴裡，接觸到牙齒時，發出哢嚓的聲音。

他單薄的背脊顫了一下，本來就憔悴的一張臉瞬間變得慘白，呆滯的眼裡湧上巨大的痛苦，乾嘔之後，隨後猛然俯身，連撲向垃圾桶都來不及，直接吐在地上。

所有人都看出來，這跟之前的假吐不一樣，他是真的吐了。

修長的手指緊緊抓著餐桌一角，手背青筋暴起，他半跪在地上，把今天吃的東西全吐了出來，最後只剩下陣陣乾嘔。

聽得現場的人忍不住難受，好幾個受不了直接躲了出去。

滕文很滿意這次的狀態，過了好半天才喊：「喀，過了。」

話音剛落，人群中有一道身影飛撲過去。

岑風還跪在地上沒緩過來，身子陣陣顫慄，噁心的感覺盤旋不下，喉嚨裡又苦又酸，嗆得滿臉都是眼淚。

那種生理性的反胃和恐懼像一張密不透風的大網從頭罩下，將他整個人都裹起來，一點喘息的縫隙都沒留，逼得他快要窒息。

顫抖的身體突然被一個小小的懷抱抱住。

他聞到熟悉的雪松冷香，夾著女孩的體溫，像被陽光曬化的味道。

耳邊傳來她抽泣的聲音：「哥哥，你有沒有事啊？是不是很難受啊？我們去醫院，我叫醫生來……」

地上很髒，全是嘔吐後的殘餘。

她卻一點也不在意。

跪在他身前雙手環抱著他，一邊哭一邊輕輕拍他顫抖的背脊。

岑風埋在她頸窩，閉著眼，輕聲說：「我沒事。」

像陽光撕開了黑暗，他從窒息的大網中掙扎出來。

他撐直身體坐起來，想替她擦擦她臉上的淚，但想到自己的手不乾淨，又收回來，微微側過頭啞聲說：「乖，別哭了。」

許摘星突然伸手捧住他的臉，一邊抽泣一邊拽著袖口幫他擦去嘴角的汙跡。

岑風身子一僵，手指捏住她的手腕，嗓子因為嘔吐還沒恢復過來，顯得格外沙啞：「別碰，髒。」

她緊緊抿著唇不說話，固執地替他把臉上的污漬擦乾淨。

尤桃倒了一杯熱水跑過來，其餘工作人員也紛紛上前打掃清理。岑風拿著水杯走到洗手間，裡面準備了洗漱用品，過了十分鐘才清洗乾淨走出來。

許摘星貼牆站在外面，臉上的淚痕沒乾，眼眶通紅，一見他出來趕緊走過去：「哥哥，好點了嗎？還難受嗎？」

他笑著搖搖頭：「沒事了。」他很自然地牽過她垂在身側的手，把她拉到洗手間，「袖子都弄髒了。」

許摘星還沒從心疼中恢復過來，悶聲說：「沒關係。」

岑風擰開熱水，擠了些洗手乳在掌心，搓出泡泡後，拉起她的手包裹在自己的掌心，幫她把手洗乾淨，又用濕毛巾一點點拭擦袖口上的污漬。

許摘星呐呐地站在原地，一動也不動地看著他，看著看著眼淚又出來了。

岑風用毛巾把她手上的水擦乾了，轉頭才發現女孩又在哭。

她也不哭出聲，好像連不知道自己哭了，只是默默流眼淚。

他眸色愈深，握著她的手把她拉近一點，微微俯身，動作很輕地替她擦眼淚，「怎麼了？」

她搖搖頭，還是不說話，眼淚卻越流越凶。

岑風嘆了聲氣，伸手把她按到懷裡。她埋在他的胸口，小氣音斷斷續續的，好半天才終於嗚嗚地哭出來。

邊哭邊問：「哥哥，你是不是對咖啡糖過敏？」

過了一陣子，頭頂才響起他溫和的聲音：「我小時候很喜歡吃糖，可是他不買給我，我就想以後長大了賺了錢，要買很多糖。」

抽泣聲小了下來，她在他的胸口蹭蹭，微微抬起頭。

透過這個角度，只能看見他消瘦的下頷，和青色的鬍渣。

「有一年，鎮長送了一罐咖啡糖，他說要拿去賣錢，不讓我吃。可我那時候太餓了，趁他不在家，偷偷打開吃了兩顆，結果被他發現了。」

許摘星的眼睛微微瞪大，兩隻小手還拽著他的衣角，身子卻直起來，怔怔地看著他。

岑風低下頭，朝著她笑了笑：「當然被打了一頓，還被他塞了一嘴的咖啡糖，從那以後我就再也不能吃糖了。」

她本來止住的眼淚又湧了出來。

她一直以為他愛吃糖的。

他喜歡吃甜食，粉絲總是送很多糖給他，他從來沒有說過不喜歡，每次都會微笑著收下。她想起那一年，她甚至還留了一大罐水果糖在雜貨鋪，讓老闆娘每天送他一顆。

她怎麼那麼討厭。

岑風伸出大拇指揩了揩她的眼角，聲音低又認真：「我還有很多不堪的過去，都可以告訴妳。但那不是為了讓妳難過，知道嗎？」

許摘星眼眶紅紅的：「那是為什麼？」

他指尖撫過她臉頰，低下頭時，輕輕親了一下她濕漉漉的眼睛：「為了和妳分享我的人生。」

那些曾經他光是想想都覺得痛苦的過去，現在已經能這樣平和地說出口了。

她的睫毛微微地顫。

愣愣看了他半天，突然踮腳，伸出雙手抱住他的脖子，幾乎是掛在他身上。岑風下意識彎下腰來，她墊著腳，仰頭親了親他的唇角，聲音哽咽又柔軟：「我愛你。」

他的身子僵住。

她親完了，有點不好意思地低下頭去，腳跟也落地。下一刻，岑風雙手托住她的腰，將她往上一舉，反應過來的時候，她已經坐在洗手檯上了。

雙手還掛在他的脖子上，他掐著她的腰，貼得很近，低頭時跟她額頭相貼，呼吸交纏在一起。她這個坐姿不舒服極了，雙腿吊著，下意識用腿勾住他。

於是兩人貼得更近。

許摘星一下子羞紅了臉。

聽到他低聲問：「想明白了？」

她緊張極了，想把手收回來，但他掐著她的腰不准她動，還使壞似的按她的腰窩。

許摘星聲音發顫：「沒……沒有！還沒有！」

他笑了一聲：「那妳剛才親我做什麼？」

許摘星緊緊閉上眼，睫毛根都在顫，結結巴巴說：「一時……情不自禁……」

剛說完，嘴唇就被咬住了。

比起之前那個蜻蜓點水一般的吻，這次他沒那麼克制了，一手掐著她的腰一手托住她的頭，令她不得不保持迎合的姿勢。

整個空氣裡充滿了他的味道，許摘星被吻得腦袋發暈，差點癱在他懷裡。

他抱著她，鼻尖碰著她的鼻尖，啞聲說：「一時情難自禁。」

她羞得快燒起來了。

恰好此時有人來敲門，尤桃的聲音傳進來：「老闆，騰導叫你。」

許摘星慌張地想往下跳，岑風按了下她的肩，平靜道：「知道了。」

說完，才把她從洗手檯上抱下來，隨後又背過身，低聲說：「妳先出去，我洗把臉。」

許摘星深吸兩口氣，感覺自己走路都是飄的。開門時，尤桃站在外面，瞅了她兩眼，意味深長地說：「大小姐，妳還是先去窗邊透透氣吧。」

許摘星埋頭衝向窗邊。

洗手間的水聲響了一陣子，岑風雙手被冷水凍得通紅，他卻不在意似的，又往臉上撲了兩把冷水，抬頭看向鏡子，等眼裡的情欲消退，才終於轉身走出去。

客廳已經收拾乾淨了，騰導把他拉到螢幕前，特別興奮地指給他看：「表現得特別好，你看你這個真實的應激反應，太棒了。」

他一臉感慨地拍拍岑風的肩：「為藝術獻身，你這種敬業精神我特別佩服，辛苦了。」

岑風笑著搖了搖頭。

許摘星透完氣回來的時候，吃漢堡的鏡頭已經補完了。岑風吐了一場胃裡有些難受，滕文把他的戲往後挪了挪，讓他去休息一下。

休息室的餃子已經冷了，來了這麼一下，許摘星也不可能再讓他吃餃子，讓尤桃去買粥和胃藥回來，等岑風在休息室的沙發躺下，幫他蓋好被子，又倒熱水給他喝。

見愛豆因為胃裡抽搐而微微鎖眉的樣子，許摘星快心疼死了，也顧不上剛才羞恥的那一幕，在他身邊坐下來，兩隻小手合在一起使勁地搓搓搓，搓到掌心都快燙紅了，趕緊從他的外套裡伸進去，手掌朝下，隔著薄薄一層背心，捂在胃的位置。

手掌的熱度透過衣服滲進他胃裡，這麼來回幾次之後，岑風感覺好像沒那麼難受了。

許摘星看他的眉眼漸漸鬆下來，心裡也鬆了口氣，正要把手從他衣服底下拿出來，岑風抬手捏住她的手腕。

許摘星一抖，下意識就說：「四個月時間還沒到！」

他忍不住笑了一聲。

鬆開她的手腕，卻沒放她離開，而是握住她的手指，依舊按在自己胃上。他微閉著眼，像是有些睏意，聲音也懶懶的，「嗯，還有兩個月。」

許摘星垂著小腦袋，偷偷瞄他。

他好像真的睏了，睫毛溫柔地搭在眼瞼。

她貼著他胃的手掌不敢亂動，怕驚醒了他，手指卻不可避免摸到他的腹肌。

雖然隔著一層布料，可手感還是好好哦。

過了好一陣子，她聽到他呼吸綿長而平穩，像是睡著了，於是克制的小心思活躍起來，小手偷偷往下，完整地摸了摸她覬覦已久的腹肌。

靠，手感太他媽好了！

這身材是怎麼練的也太絕了吧！

許摘星的手掌按在他的腹肌上，不想離開了。

正浮想聯翩，突然聽到愛豆說：「摸一分鐘扣一天，妳只有一個月的時間了。」

許摘星：！！！

什麼？她竟然就這樣不知不覺摸了三十分鐘嗎？是愛豆的腹肌有魔力還是她太沒自制力？為什麼她感覺才剛剛把手放上去啊！

許摘星唰一下把手拿了出來，捏著小拳頭背到身後，一副做了壞事當場被抓包的表情。

岑風睜開眼，緩緩坐起來，尾音沙啞問了句：「好摸嗎？」

哆哆嗦嗦許摘星：「……還、還行。」

岑風正捏著鼻樑，聞言挑了下眉峰：「還行？」

許摘星：「超好摸！手感超級好！」

他低笑了聲：「那還想摸嗎？」

許摘星瞄了愛豆一眼，戰戰兢兢問：「一分鐘一天嗎？」

岑風：「一分鐘一個月。」

許摘星驚慌地連連擺手：「不摸了不摸了！摸不起！」

岑風忍不住，按著眉心搖頭笑起來。

房門被推開，尤桃提著粥和藥袋走進來，好奇地問：「什麼摸不起？」

許摘星如蒙大赦，趕緊跑過去接過袋子。粥是餐廳現熬的，正熱著，還搭配了味道清淡的兩道菜。吃了飯才能吃藥，許摘星看了說明書，把藥片取出來放在一旁。

看著愛豆吃完飯又吃了藥，臉色漸漸緩過來，她的心才安了。

趁著尤桃出去扔垃圾，擔憂地問：「哥哥，你不會再吃咖啡糖了吧？」

他心裡有些軟：「不吃了，沒有那個鏡頭了。」

許摘星有點內疚，聲音也悶悶的：「哥哥對不起，我不知道你討厭吃糖，還送了你那麼多……」

岑風摸摸她的頭：「沒關係，雖然吃不了，但是我很喜歡。」

她乖乖地抬頭蹭蹭他的掌心。

中午的時候，劇組休息發便當，尤桃幫許摘星也領了一份。劇組的便當其實挺豐盛的，兩葷一素，只是味道沒那麼精緻。

她看了看坐在沙發上休息的愛豆，突然說：「哥哥，以後我每天送飯給你吧！」

岑風有點意外：「送飯？」

她點頭：「嗯嗯！劇組的便當太沒營養了，反正我家也要做飯，開車過來也不遠。你喜歡吃什麼，我每天做給你吃！」

還有一個原因，是這個電影的狀態太壓抑了，她擔心戲裡的情緒會影響到他。自己每天過來，能讓他不必一直沉浸在那種狀態裡。

岑風不知道是不是看出她心中所想，笑著答應了。

於是許摘星開始天天往劇組跑了，風雨無阻。每頓都讓家裡的阿姨煲湯，換著花樣的做菜，用保溫食盒裝著，每天掐著飯點過來，幫愛豆開起小灶。

結果來了一段時間後滕文就不准她來了。

指著岑風說：「妳都把他餵胖了！這樣還怎麼演消瘦憔悴的憂鬱症！」

許摘星：「……」

雖然私心希望愛豆能白白胖胖，但還是要以大局為重，畢竟這是愛豆的第一部電影，各方面都要力臻完美，許摘星再心疼也只能忍了，不再往劇組送飯。

結果這件事不知道怎麼被行銷號知道了。

有個大V毫不留情地哈哈哈：『聽到一個八卦，岑風最近在許摘星的老家拍戲，許摘星每天風雨無阻往劇組送大補湯，把岑風餵胖了，岑風演的不是憂鬱症患者嗎，需要消瘦的狀態，然後導演現在又要求他減肥，還把許摘星趕走了不准她再去劇組哈哈哈哈哈這一對也太好笑了吧。』

對於這對全網催結婚的ＣＰ，網友們的態度非常友善，一邊看八卦一邊哈哈。

『哪個追星女孩不希望愛豆多吃點長胖點健康點呢！』

『所以到底是誰在追誰？』

『一個追星一個追人吧哈哈哈哈突然有點心疼岑風。』

『感覺這對距離官宣不遠了，社群的工程師們請問你們做好準備了嗎！』

『＠岑風，＠是許摘星呀，只要不在假期，什麼都好說。』

✦

時間一晃，很快就到了過年。

大年三十那一天，劇組放了半天的假。其實半天的時間大家也趕不回家，劇組在酒店安排一桌酒席，請大家一起吃年夜飯。

只有岑風沒去。

他有約了。

許摘星幾天前就扭扭捏捏地跑來問他，大年三十要不要去她家吃年夜飯，一起過年。她知道愛豆這麼多年來，從來沒有過一次真正和家人團聚過年的大年夜。

出道前不必說，出道後的每一年他幾乎都在工作，可能是真的行程忙碌，也可能只是他不願意一個人面對空蕩蕩的年夜，所以有意逃避。

許摘星每年都要回家跟爸爸媽媽一起過年，除了一通電話，根本陪伴不了他。

好在今年就是這麼巧，他恰好在S市，劇組恰好放了半天假，她終於可以不用讓他一個人，老早就在家跟許父許母說：「大年夜我要請一個朋友來家裡一起吃飯！」

請個朋友有什麼不可以的，許父許母根本沒放在心上，隨口應了。

沒過兩天，許摘星換說法了，她說：「大年夜我要請我偶像來家裡哦！」

許父許母知道她追星，知道她喜歡一個叫岑風的明星，許母還看過不少他的節目，誇他唱歌好聽長得帥。

既然偶像要來，那排場不能弱了，許母跟保姆阿姨交代了幾句，多做幾個大菜款待偶像。

結果到了大年三十這天早上，許摘星又換說法了，她跟她爸媽說：「今天我喜歡的男生要來家裡做客哈！」

許父許母：？

到底要來幾個人？

因為女兒一直排斥相親，身邊也沒什麼男性朋友，許父最近新學了個詞叫「恐男」，一直擔心女兒得了這個病。

現在聽她說她有喜歡的男生，許父簡直喜出望外喜上眉梢，拽著她就問：「對方是做什麼的啊？多大了？怎麼認識的？在一起了嗎？要不然叫妳偶像別來了吧？萬一男孩子看到了吃醋怎麼辦？」

許摘星：「……我說的就是我偶像，同一個人，他既是我偶像，也是我喜歡的人。」

許父：？

他消化了一下子這個資訊才問：「哪種喜歡啊？」

許摘星難得這麼嚴肅：「想和他一輩子在一起的那種喜歡。」

女兒一直醉心事業，無心戀愛，有幾次因為這個問題跟他們起了爭執，甚至在氣頭上說過「我這輩子也不會結婚」這種話來。

許父雖然又急又愁，但也不可能真的逼迫她，看她的態度那麼堅決，甚至已經開始在做養女兒一輩子的心理準備了。

還暗自查了查國內收養兒童的規定，想著就算她不結婚，那等自己不在了，女兒也老了，總要有人陪伴照顧吧。

沒想到峰迴路轉！柳暗花明！女兒不僅有了喜歡的男生還打算跟人家生活一輩子！

簡直讓他這個老父親激動得想落淚。

許母倒是比許父冷靜多了，知道許摘星一向在感情的事上很認真，她既然這麼說了，那肯定是真心喜歡的，但對方是個大明星啊，這……

許母遲疑著問：「他也真心喜歡妳嗎？」

許摘星眼睛很亮，含著笑意，特別認真地對媽媽點頭：「嗯，他對我很好。我很喜歡他，所以希望你們也能喜歡他。」

許母笑著拍拍她的頭：「妳喜歡，媽媽就喜歡。」

跟父母交了底，許摘星底氣就足了。

吃過午飯，許父許母在家跟著保姆一起準備年夜飯，許摘星則開著車去劇組接人。

她一走許父就按捺不住，扔下許母讓他掛的燈籠，拿著手機戴著眼鏡坐在沙發上開始查岑風的資料。

許母罵他他還說：「我先上網看看我未來女婿的人品！」

他平時不太關注娛樂新聞，不像許母還看過岑風的綜藝和舞臺，先是看了網路上的照片，覺得這小夥子長得真帥，配女兒綽綽有餘！

又認真地在搜尋框打下一行字：岑風人品怎麼樣？

這一搜就把岑風的身世瞭解清楚了。看完之後一臉悵然，想了想，掏出準備好的紅包，又往裡面多塞了五千塊。

許摘星到的時候，岑風已經從酒店下來了，他還是戴著帽子和口罩，黑色的外套裡面穿了件白色的T恤，T恤的帽子又在頭頂蓋了一層，把整個人裹得嚴嚴實實。

許摘星開的是她爸的車，模樣非常霸道的越野車，她坐在寬敞的駕駛座，顯得人又小又乖。岑風先拉開後座的車門，把提前買好的禮物放了進去，然後坐到副駕駛座。

瞟了小朋友兩眼，有點想笑：「這麼大的車也能開？」

許摘星一邊掉頭一邊拍胸脯：「秋名山車神！」

岑風笑了笑，把帽子口罩取下來。他剛洗過澡，身上有股淡淡的沐浴香，頭髮很碎的散著，有點隨意的帥氣。儘管是全素顏，卻絲毫不影響他的顏值，許摘星等紅燈的時候偏頭看了好幾眼，覺得這麼多年過去，愛豆身上那股清澈的少年氣質依舊存在。

自己上輩子是拯救了銀河系嗎居然會被這樣的人喜歡！

離家越近，許摘星的心跳越快，緊張到不行，反而是應該緊張的岑風一臉平靜。

車子開進車庫，不知道是車太大還是她太緊張，倒了兩下居然沒倒進去。

岑風忍著笑看了她一眼：「秋名山車神？」

許摘星無地自容。

最後乖乖下車，等愛豆過來把車倒進車位。

他把禮物提下來，鎖好車，見許摘星還緊張地站在原地，有點好笑：「我來做客，妳緊張什麼？」

許摘星的手心都冒汗了，脫口而出：「帶男朋友回家見父母很緊張啊！」

周圍安靜了兩秒。

岑風挑了下眉，微一俯身，低笑著重複：「男朋友？」

許摘星：「……」

靠，大腦是什麼時候默認的怎麼連我自己都不知道？

第二十三章　新年官宣

大腦有自己想法的許摘星小朋友一臉羞憤，岑風笑著直起腰，手臂搭在她的肩上，很自然地摟過她：「走了，女朋友。」

她的頭埋得更低，心臟快要跳出喉嚨，在心底瘋狂叫囂著「我死了我死了我死了」。

女友粉轉女友，原來壓力這麼大。

等等？這就默認關係了嗎？這麼隨便嗎？

跟愛豆確認關係這麼重大的事情她原本做了很多的計畫啊！

場景儀式甚至 bgm 她都想好了啊！

現在怎麼在車庫完成了交接儀式？

這不是仙子該有的排場啊！

許摘星內心一時悲憤交加。

快到家門口，岑風才鬆開手，把帽子和口罩取下來，提著禮物淡定地站在準備開門的許摘星身邊。

結果她還在掏鑰匙，房門就從裡面打開了。

許父許母笑得像朵花一樣等在裡面，視線直接躍過前面的許摘星，親切又熱情地跟岑風打招呼：「這就是小岑吧？快快快，進屋坐。」

岑風笑得很禮貌：「叔叔阿姨好。」

「好好好！」許父尤為熱絡，一把接過他手上包裝精美的禮品盒，「你說你這孩子，來就來，還帶什麼禮物。」

許母說：「外面挺冷的吧？劉姐，咖啡泡好了嗎？」說完又趕緊問岑風：「你喜歡喝咖啡嗎？」

岑風點頭：「喜歡。」

許母笑容滿面：「那就好。」

完全被忽視的許摘星：「……」

岑風幾年前就見過這對夫妻。

他們跟這世上大多數父母一樣，孩子有能力會驕傲，孩子不聽話會嘮叨。他現在還記得許父接電話說自己只有這一個寶貝女兒時那驕傲的語氣。

多年不見，兩人臉上爬上了皺紋，多了些老態，許父長胖了很多，但氣質還是一如既往的隨和熱情，把他拉到客廳的沙發坐下，面前的茶几上擺滿了瓜子、花生糖和水果。

許母坐在他身邊，拉著他的手打量半天，一副心疼的語氣：「小岑你怎麼這麼瘦啊？比電視上看起來還瘦。」

他今早刮了鬍子，下頜尤顯得尖削，側臉線條也更分明，其實從上鏡來說更好看了，但在大人眼裡，總歸是太瘦了。

岑風一向不喜歡跟陌生人肢體接觸，但許母拉著他的手卻沒多少不適，笑著回答：「拍戲需要，等拍完會長回來的。」

許父坐在旁邊的單人皮沙發上笑吟吟盯著岑風看，越看越滿意。無論氣度還是談吐都很穩重，比他工作中接觸的那些小輩踏實多了。

而且一想起剛才在手機上看的那些經歷，都是當父母的，設身處地想想，如果是自家摘星受過那些罪，他簡直要心疼死了。

眼前的少年卻絲毫沒有被過去影響，靠著自己的意志和能力從那種境地裡掙扎出來，最後還成長得這麼優秀，老丈人看女婿，又心疼又喜歡。

許摘星見爸媽跟愛豆聊得這麼好，自己完全插不上嘴，沒她什麼事，便到廚房裡幫忙了。

餃子已經包好了，保姆見她在那打量，笑著說：「今年彩頭包的是一整顆花生，個頭小，妳找不出來的。」

許摘星每年都作弊，提前在彩頭餃子上做記號，保姆已經習慣了。

她瞅了半天，眼珠子一轉，跑去冰箱把剩下的餃子皮和餡拿出來，手洗乾淨後自己又包了一個，放好花生之後，偷偷做了個記號。

今天準備的年夜飯十分豐盛，雞鴨魚肉都有，還有從早上就一直燉著的大補湯，是許摘星專門交代的。

沒多久許母走進來，笑著喊他：「我跟妳劉姨忙，妳帶小岑在家裡轉轉。妳養在樓頂的臘梅不是開了嗎？」

許摘星這才洗洗手出去。

岑風正在客廳跟她爸下象棋。

許摘星走到愛豆身邊：「你別跟他下，他老是悔棋。」

許父一臉不高興地瞪他：「去去去。」

許摘星吐了下舌頭，拽愛豆的袖子：「哥哥，我帶你去樓頂的花園看臘梅呀？」

岑風看了棋盤一眼，正要說話，許父大手一揮：「去吧去吧，我自己研究研究，等你回來，三步將你軍！」

岑風笑起來：「那叔叔要加油了。」

這棟別墅是早年買的，只有兩層，比起岑風現在在B市那棟房子要小一些舊一些，但因為住得久，生活氣息濃郁，很有家的感覺。

樓頂稍微有些雜亂，除了花，還有保姆種的菜。什麼小蔥、大蒜、韭菜的，木箱子擺了好幾排，風吹過，空氣裡有臘梅的冷香。

許摘星特別開心地跟他介紹：「這是我大二寒假那年在社區門口撿回來的，當時枝幹都枯了，我撿回來又重新養活了！厲害吧？」

岑風低頭聞了聞：「厲害。」

許摘星看了一圈，有點遺憾：「其實樓頂有很多花的，但是冬天不開。等下次春天你過來，就可以看到了！」

除了花和菜，還堆了很多沒用的舊東西，包括她以前玩過的玩具和國高中積累的課本試卷。許摘星如數家珍，每一樣都能說出故事來。

她也想跟他分享她的人生。

岑風聽得很認真，看著她那幾箱書，不知道想到什麼，突然蹲下身，伸手翻了翻，挑了幾個筆記本出來看。

紙上的筆跡很娟秀，記著各科的筆記和公式。

許摘星見他找了半天，忍不住湊過去問：「哥哥，你找什麼呀？」

岑風：「周明昱寫給妳的情書。」

許摘星：？？？！！！

她虎軀一震，「早就扔了！」

岑風斜斜看了她一眼，笑起來：「還真的有啊？」

許摘星：？？？

愛豆為什麼越來越會套路了？戀愛使人進步？

岑風見她一副幽怨加委屈的表情，笑著揉了下她的頭，柔聲說：「開玩笑的，我在找妳寫滿我名字的那個筆記本。」

許摘星頓時幽怨變訝然：「你……你怎麼知道？」

她愣了一下，咬牙切齒：「周明昱這個大嘴巴！」

岑風笑著問：「在哪？」

女孩雪白的耳根泛著紅，不好意思地低聲說：「在我房間。」

她領著愛豆去二樓自己的臥室。

女孩的房間粉粉嫩嫩的，還維持著上學時期的風格，房間裡也有她身上的香味，靠窗的位置放著書桌，那個筆記本就放在書桌的抽屜裡。

本子封面是橙色調，夕陽西下，畫上有個孩子拉著風箏在跑。

岑風不知道這是不是巧合。

許摘星將筆記本遞過來一半，小聲問：「真的要看啊？」

這也太羞恥了吧！

岑風沒說話，只是低頭接過筆記本，翻開第一頁。

其實沒什麼特別，沒有排列也不規整，像隨手寫的草稿，有些字體很正，有些比較潦草，大大小小，一頁一頁，布滿了整張紙。

那些年少女隱祕又珍重的心事，就這樣呈現在他眼前。

他每翻一頁，許摘星心跳就快一分。

最後實在受不了了，伸手壓住內頁，結結巴巴說：「哥哥你……你別看了！」

岑風抬頭對上她的視線，笑了一下：「好，不看了。」

許摘星忙不迭收回筆記本，塞回抽屜裡。剛轉身就撞進了愛豆的懷抱。他很溫柔地摟著她，也不說話，許摘星貼在他心口，臉紅心跳，隔了好一陣子忍不住抬頭，「哥哥，怎麼啦？」

他的手掌輕輕摸了摸她的後腦勺，聲音也低：「沒怎麼，就是想抱抱妳。」

情話技能也升級了！

許摘星簡直燒成了天邊一朵火燒雲。

逛完之後兩人下樓。

岑風繼續陪許父下象棋，許摘星抱著一包洋芋片坐在旁邊觀戰，阻止她爸悔棋欺負愛豆。

許父被女兒剛正不阿地阻止了好幾次，連連嘆氣：「女兒大了，胳膊也不朝著我這個老父親了。」

許摘星：「你悔棋你還有理了？」

許父義正辭嚴：「我老年人腦子轉得沒年輕人快，悔一悔怎麼啦？人家小風都沒說什麼！」

父女又在客廳鬥起了嘴。

岑風笑著坐在旁邊，感受到從未有過的溫暖。

冬日天黑得快，六點一刻，年夜飯正式上桌，十幾道菜擺滿了整張桌子，紅酒、啤酒、白酒、飲料擺了一排，許父一上桌就說今晚要跟岑風不醉不休。

被許摘星嚴肅阻止：「不行！哥哥最近拍戲，胃不好，不能喝酒！」

許父：「……女兒大了，變了，唉。」

保姆也回家過年了，走之前打開電視，已經在直播春節節目開始前的後臺採訪，屋內一片歡聲笑語，是岑風從未經歷過真正的新年。

飯桌中間擺了一大盆餃子，許母用公筷夾了兩個給岑風，笑吟吟說：「今年只包了一個彩頭餃子，放的是花生，看你們誰能吃到。」

許摘星悄悄瞅了瞅，在盤子裡找到自己做記號的那個餃子，等愛豆吃完碗裡的，趕緊把這個夾給他。

岑風咬了一口，花生露出了半截頭。

許母頓時高興道：「小風真有福氣！被你吃到了！」

他笑了笑，轉頭看了許摘星一眼。她若無其事，察覺到愛豆的目光，還是忍不住彎起了唇角。要是有尾巴的話，大概也得意地翹起來了。

飯吃到一半，醉醺醺的許父從口袋裡掏出了那個鼓鼓的大紅包，「小風，這是給你的！」

岑風一愣，沒想到還有這件事：「叔叔，不用。」

許父不由分說地遞過來：「這是規矩！叔叔知道你不缺錢，但是我們這，女婿第一次上門，都要給紅包的，快拿著！你不拿叔叔可要生氣了！」

許摘星：「爸！」

啊啊啊啊什麼女婿啊！羞死人！

岑風這下子不推辭了，很淡定地把紅包揣進口袋裡。餘光稍稍一瞟，發現小朋友的耳根果然又紅了。

怎麼這麼愛臉紅，以後可怎麼辦。

吃完飯，電視裡春級節目正式開始。四個人從飯桌移到客廳，一邊嗑瓜子一邊看節目。

之前的盤子裡放了不少水果糖，下午都被許摘星挑走了，現在只剩下軟糖和巧克力，看著許母時不時剝糖給愛豆吃，也就不擔心了。

許父邊看邊問：「小風，你什麼時候也上個過年節目？」

岑風溫聲道：「今年本來是收到邀約的，但是要拍戲，只能拒絕了。」

許父遺憾地不行，「那以後還有機會嗎？」

岑風點點頭：「應該有的。」

他開心了，喝多了酒紅潤的臉色顯得更興奮，「那就好！」

下次他就可以群發訊息通知他的那些老哥們：快看！我女婿上春節節目了！

以前炫女兒，現在炫女婿。

美滋滋。

快到淩晨十二點時，社區外面開始有爆竹的聲音。S市雖然實行了煙火管制，但是對於那種不上天的鞭炮監控力度還是不大，特別是小朋友玩的甩炮仙女棒，更是無傷大雅。

而且今年S會在江邊舉辦跨年煙火秀，大家不用自己放也能欣賞到煙火，接近淩晨時，不少人出門準備看煙火。

許摘星也坐不住，拉著愛豆上樓頂去。

他們距離江邊不遠，樓頂視野也好，許摘星第一次跟愛豆跨新年，激動到不行，一直看著手機裡的碼錶倒數計時。

岑風聽到她小聲地數：「十、九、八、七……」

數到一時，不遠處的夜空驟然綻放出絢爛的煙花，四面八方傳來歡呼聲，煙火爆炸的聲音遲遲響起。

她開心地大喊：「哥哥！新年快樂！」

他也笑：「新年快樂。」

煙火秀正式開始，爆炸聲接連不斷，夜空被照得透亮，閃爍的光芒全部落在她亮晶晶的眼裡。

她仰著頭站在他面前，雀躍又虔誠：「哥哥，你有什麼新年願望嗎？我都幫你實現！」

岑風靜靜地看著她。

許摘星跺腳：「快說快說快說！」

他問：「什麼都可以嗎？」

她重重地點頭：「嗯！」

這是她給他的儀式。

岑風笑起來，順著小朋友毫不掩藏的心思，嗓音溫柔：「我想要妳做我女朋友。」

許摘星臉上綻放出大大的笑容，張開雙手撲進他懷裡：「恭喜你，願望實現啦！」

他笑著伸手接住她。

像把整個世界摟入懷中。

煙花還在頭頂炸響，又細細密密地灑下，四處都是歡聲笑語，在這個闔家團圓的日子，他也終於擁有了家。

凌晨十二點九分，岑風社群上線。

一直在等待愛豆發新年祝福的粉絲開心極了，紛紛準備好文案搶熱門。

愛豆很快發文。

——@岑風：『追到手了，新年快樂。』

風箏：？？？？？？

網友：？？？？？？

什麼追到手了？是我們想的那個意思嗎？

許摘星很快告訴他們，是的，就是你們想的那個意思。

——@是許摘星呀：『嘿嘿，mua！』

#岑風許摘星官宣戀情#爆登熱搜，社群伺服器癱瘓半小時。

社群工程師：？？？？？？

你們能不能別這麼要命啊！這他媽是大年三十啊！

雖然全網催結婚是真的，粉絲幫愛豆研究追人攻略是真的，大家都在說辰星是真的，但當這一天真的來臨，所有人還是驚呆了。

你官宣得也太快了吧？才剛追到就官宣？你還記得你是頂流嗎？你真的不怕糊啊。

風箏：滾開！糊什麼糊！我們的房子不僅沒塌！反而起高樓了！

你們不懂！

不懂我們日常擔心愛豆退圈的惶恐心情 QAQ！

現在終於好了！

有許摘星在，哥哥就是為了她也不會退圈啊！誰不知道若若是個舞臺粉，最愛看的就是哥哥的舞臺！

許摘星分享的貼文下面全是老母親們的諄諄囑咐：『看好崽崽啊！千萬別讓他退圈！』

等社群癱瘓的伺服器被搶修好之後，岑風的官宣文已經有幾十萬則留言了，除了祝福外，其他清一色都是求福利的。

『我們為哥哥追女朋友出謀劃策了！追到了難道不應該發福利給我們嗎！』

『我為哥哥的愛情搬過磚添過瓦！這份戀情也有我的功勞！我現在要索取我的酬勞！』

『戀愛使人快樂，寶貝以後記得要經常營業，分享你的甜蜜給我們啊！』

『新年的第一天，我的崽擁有了屬於自己的家，我哭到山無陵天地合TT。』

『哥哥要和若若天長地久！相愛年年歲歲！我已經迫不及待想看《爸爸去哪了》！』

『《爸爸去哪了》未免太早，不如期待一下《你在我心上》，啊啊啊生活太苦了需要甜甜的綜藝來滋潤QAQ。』

許摘星的社群下面也是同樣的狀況。

『若若，我們幫妳解決了人生大事，難道不應該給我們一點福利嗎？比如哥哥的日常生活私人照？』

『追女生的文章是我分享給哥哥的，若若，我不求多了，只想要一份獨家簽名QAQ。』

『周邊搞起來！下次現場手花多一倍好不好！』

『姐妹們別光顧著要福利，若若的粉絲社群開通了#許摘星超話#，熱度刷起來，嫂子不能沒有排面！』

八卦網友們：？？？

你家真不愧是粉圈的一股泥石流啊。

新年公布新戀情，還是圈內頂流跟圈內最高資本代表人物的戀情，簡直是這一年的開門大八卦。

官宣之後，雙重過年的辰星黨影片剪得飛起，行銷號假期營業，紛紛挖掘兩人戀愛史，恨不得從以前兩人同框的影片一幀一幀地摳出糖來。

大家都沒時間吐槽春節節目了。

於是這一屆春節節目成為往屆中吐槽最少的一屆晚會。

文發出去之後，許摘星和岑風的手機被打爆了。兩人煙火秀都沒看完，不得不各自回覆來電和訊息。

ID團早有心理準備，倒是沒驚嚇到，反而興奮地在群組裡發起紅包。每一個紅包上面寫滿了祝語，什麼長長久久恩愛白頭，幾個人搶得不亦樂乎，把隊長本人發的「謝謝」蓋過去了。

完全沒人注意到隊長剛才來過。

吳志雲打了個電話過來，痛心疾首道：『你怎麼不跟我商量商量就發文了啊！』

岑風笑：「等不及了。」

等不及告訴全世界，她屬於他了。

吳志雲一時語塞，嘆了半天氣後，又打起精神認真祝福：『大小姐算是我看著長大的，她有多喜歡你，我們也都看在眼裡。這圈子啊，像她這樣乾淨心思的人已經太少了，你的老婆本也差不多賺夠了，既然在一起了，以後就好好的吧。』

這樣的祝福電話接到好幾通。

比起岑風這邊的沉靜，許摘星那頭就狂野多了。

電話狂轟亂炸似的。

有周明昱的、有趙津津的、有許延的、有高中同學大學室友的，還有追星小姐妹們的。

許摘星接了幾通電話，感覺自己的耳膜都要破了，小七那群人一個叫得比一個大聲。

等兩個人解決完好友，夜已經很靜了。

下樓的時候許母已經把客房收拾出來，就在一樓，還拿了新的洗漱用品和許父沒穿過的睡衣給岑風。

看到他們下來就責備許摘星：「小風明天還要回劇組拍戲呢，哪像妳天天睡懶覺，還玩到這麼晚。」

又滿臉慈愛地看著岑風：「小風啊，快去洗漱，早點睡覺。」

岑風本來是打算回酒店的。

但見許母已經鋪好了床，便也沒說什麼，笑著點了點頭。

許父酒喝多了，十二點一過就回房呼呼大睡了，許母撐到現在也是哈欠連天，又交代兩句也上樓了。

許摘星假裝倒水喝，實則心臟撲通撲通跳得可歡了。

愛豆第一次在自己家過夜欸！

雖然一個在樓上一個在樓下，嚶嚶嚶但還是好激動啊！

趁著愛豆洗漱，她竄到客房裡東摸摸西看看，看還有沒有什麼需要的，看了一圈，吭哧吭哧爬上樓，把自己房間的加濕器搬過來。

岑風一進來就看見她蹲在地上調加濕器。

他白天在她臥室見過這臺加濕器，粉嫩嫩的，一眼就認出來了，笑道：「搬下來做什麼，我不用。」

許摘星調好濕度：「要的！一樓暖氣更強，空氣更乾！」

她轉頭看了看愛豆，心疼地說：「你的嘴唇都脫皮了。」

岑風抿唇舔了一下。

許摘星摸摸口袋，掏出一支護唇膏，視線有點晃，不好意思地說：「沒有新的，只有這個我用過的，哥哥你要不要抹一點？」

岑風盯著那個護唇膏看了兩眼，搖頭：「我不用這個。」

許摘星一句「那你用什麼」還沒問出口，就被岑風拉到懷裡，他扶著她後退，一直到她的背脊抵上牆，才低頭吻下來。

他剛洗過澡，男性荷爾蒙的味道夾著沐浴清香，像迷幻劑似的將她籠罩。許摘星不經撩，一瞬間就軟了，全靠他的手臂環過她的腰，才沒有癱下去。

耳邊唦嚓一聲，是他伸手帶上了門，還順便把燈關上了。

光線一黑，許摘星更緊張，發著抖牙齒緊咬。

嘴唇被咬了一下，他低聲說：「張開。」

許摘星嗚嚶一聲，緩緩鬆開牙齒。

漫長又深入的一個吻，在這黑夜裡掠盡了她的氧氣。

迷迷糊糊的時候，岑風鬆開了她。

他沒開燈，只是後退兩步，輕輕撫一下她掠在臉頰的頭髮，啞聲說：「上樓去吧。」

許摘星兩隻小手還拽著他的衣角，氣喘吁吁，借著窗外一點光線，能看清她紅腫濕潤的唇。岑風側頭收回視線，按開了燈。

她眼神迷蒙，軟聲喊：「哥哥……」

岑風手背上的青筋抖了一下，拉開門，哄她：「去睡覺吧。」

許摘星看著他，小手慢慢收回來，嘴巴嘶了一下：「哦。」

她轉身要走，岑風又拉了她一下，等她回頭時，低頭親一下她的額頭，「晚安，女朋友。」

她眼眸撲閃，「哥哥晚安。」

上樓的腳步聲噠噠噠傳過來，岑風在門口站了好一陣子，才搖頭笑了一下，關上門躺回床上。

人還沒冷靜下來，房門又被敲響了。

許摘星推開門，小腦袋探進來，岑風坐起身，打開床頭燈：「怎麼了？」

她穿著拖鞋抱著一本書跑過來在床邊坐下，滿眼期待地說：「哥哥，我講個睡前故事給你聽吧？」

每個孩子都該有聽睡前故事的經歷，他人生欠缺的，她都想補給他。

岑風忍不住笑了一下，微微往後一靠，找了個舒服的姿勢，「嗯，講吧。」

許摘星把書攤在膝蓋上，翻開目錄，狀若認真地問：「那你是要聽小紅帽的故事呢？還是美人魚的故事呢？」

岑風想了想：「小紅帽吧。」

許摘星笑彎了眼，清清嗓子：「那我開始啦！從前，在縹緲王國的最北邊，有一片黑暗森林，森林住著一個老巫婆和小巫婆……」

岑風笑到不行：「不是小紅帽嗎？怎麼變成小巫婆了？」

許摘星：「聽故事不要急！小巫婆就是這個故事的主角！她有一個小紅帽斗篷，所以大家都叫她小紅帽！」

也不知道她上哪買的童話書，講了一個跟他印象中完全不一樣的故事。

女孩的聲音又軟又甜，像絲絲密密的陽光，縫補著他人生的缺口，「最後小巫婆就和騎士大人在黑暗森林裡一起快樂的生活啦！」

她闔上書頁，撲過來抱了他一下：「故事講完啦，晚安！」

岑風笑著摸摸她的頭：「以後還有睡前故事嗎？」

許摘星小臉有點紅：「有，男朋友專屬福利。」

他的眼眸有點深，手指動了好幾次，還是輕輕把她放開了，「好了，快去睡吧。」

許摘星還想說什麼，他啞聲補了句：「再不走就走不了了。」

女孩一躍而起，抱著書噠噠噠跑了。

岑風突然覺得，今後的日子可能有點難熬。

第二天早上，等了一夜福利的風箏們迎來了愛豆首個九宮格自拍。照片裡的愛豆笑得很溫柔，跟她們說早安。

蒼天啊大地啊，這他媽可是出道以來的第一次九宮格自拍啊！

戀愛使豆營業！
許摘星衝呀！

第二十四章　睡前故事

大年初一，岑風回到劇組繼續拍電影。早上一現身，全劇組的人喜氣洋洋地嚷著恭喜，好在他有提前準備，讓尤桃買了不少水果甜點飲料，算作請客。

許摘星昨晚興奮了一夜，接近淩晨才迷迷糊糊睡過去，一覺睡到中午，還是許母來喊她吃午飯才醒的。

頂著雞窩頭睡眼惺忪，第一句話就是：「哥哥呢？」

許母把她的被子掀了：「早上七點多就走了！哪像妳這麼能睡！」

許摘星一邊穿衣服一邊問：「那他吃早飯了嗎？」

許母把房間的窗簾拉開，今日天氣晴朗，冬日的陽光充斥進來：「吃了，妳劉姨做了番茄麵給他。」她說完，又轉身打量女兒兩眼，突然笑道：「現在還挺會關心人的。」

被自己母上打趣，許摘星臉一紅，跑進洗手間。

吃過午飯，她躺在沙發上滑一下社群，私訊和留言都被擠滿了，她和愛豆官宣戀情的熱搜還在前三掛著，大概一、兩天內是下不來了。

早上岑風上傳了九宮格自拍，風箏們舔完顏，都跑來跟若若道謝，讓她繼續監督哥哥保持營業。

她隨手回覆幾則，又把今天的榜打了。還有兩個月就是華語音樂盛典，岑風入圍了年度最具人氣歌手獎，最近大家都在努力投票，雖然已經在榜首，但是下家追得很緊，不能鬆懈。

打榜文一出，就有風箏問：『若若到時候會去現場嗎？』

許摘星回覆：『當然要去啊！』

風箏：『跟哥哥一起走紅毯嗎？』

許摘星：『你在想什麼，是周邊它不香嗎？』

風箏：『都跟愛豆在一起了還孜孜不倦地發周邊，不愧是我圈周邊大佬！那麼問題來了，這次的周邊是什麼QAQ？』

許摘星：『保密！』

滑完社群打完榜，她把手機一放，跑回房間拿出自己早就做好的設計圖。

圖上畫著一個Q版的愛豆，是她比對著《愛豆風風環遊世界》裡的形象畫的，旁邊還標注了尺碼和布料。

她打算做一個Q版的小玩偶，要先給工廠打版，之前想著愛豆拍戲沒什麼活動，一直擱置著，現在音樂盛典將近，也是該做起來了。

許摘星拍了張照，然後開車去手工市場買縫製玩偶需要的材料。挑完之後剛上車，就收到岑風的電話，問她：『起床了嗎？』

許摘星義正辭嚴：「當然啊！我又不是豬！」

他在那頭笑：『嗯，妳不是。要不要過來劇組？』

她一邊倒車一邊問：「怎麼啦？」

愛豆的語氣自然又溫柔：『想妳了。』

許摘星內心：啊啊啊啊啊啊啊啊啊啊啊啊啊啊啊啊靠靠靠！

許摘星表面：「嗯，我現在就過去，哥哥等我呀！」

掛了電話一踩油門，一路風馳電掣開到劇組。

岑風今天的戲份已經拍完了，正坐在休息室看明天的臺詞，隔著一扇門聽到外面的工作人員在喊「許董」，他把劇本擱在一邊，起身過去開門。

小朋友穿了件鵝黃色的羽絨服，手裡還提著一個食品袋，看見門打開，小跑兩步朝他撲過來。

岑風笑著張開雙臂接住她，少女像枝頭一朵含苞欲放的白梅，帶著清香湧進他懷裡，聲音軟乎乎的：「哥哥！」

他親一下她的額頭。

旁邊爆發出一陣起鬨聲。

許摘星有點不好意思，埋在他懷裡推著他往裡走。

直到房門關上，才抬起一雙亮晶晶的眼睛，「哥哥，我帶了超——好吃的牛肉腸粉給你！」

岑風笑著問：「有多好吃？」

她獻寶似的把食品袋打開，端出一個盒子，「是我以前上高中的時候最喜歡吃的！剛才我剛好從那邊經過，想著去看一看，沒想到這麼多年了竟然還開著！」

打開蓋子，清爽的醬香味撲面而來，許摘星掰開筷子遞給他，「還熱著呢，哥哥快嚐一嚐！」

他點點頭，端起盒子吃了兩口，味道確實不錯，他本來不餓，現在倒是被這個腸粉勾出食欲。

剛想問她要不要也吃一點，抬頭就看見小朋友蹲在對面，手裡拿著手機對著他拍。

岑風有點無奈的笑：「在拍什麼？」

許摘星理直氣壯：「拍你呀，哥哥吃東西的樣子好可愛啊！我覺得你可以搞一個吃播！」說完又催他，「你快接著吃！等一下就涼了。」

岑風看了鏡頭後的女孩兩眼，無奈地搖了下頭，依言把腸粉吃光了。

沒多久，「你若化成風」的社群上傳了一段影片：『吃播福利！速來！』

風箏們聞風而至。

『我被可愛到昏過去！我又可以媽了！』

『啊啊啊我愛這個福利！若若再接再厲啊！』

『私底下的哥哥看起來好溫柔啊 QAQ，看鏡頭的眼神也太寵溺了吧。』

『我酸了，若若妳這個狗東西，餵什麼檸檬給我 QAQ！』

『哥哥拍戲瘦了好多，若若加油投餵！』

『寶貝好聽話好乖的樣子，捧心！許摘星要好好對我兒子啊！』

『我愛戀情，好多福利，我哭了。』

許摘星一連上傳七天影片，要麼是愛豆吃飯的，要麼是愛豆看劇本的，要麼是愛豆睡覺的，全方位地為粉絲謀福利。

從愛豆出道以來就備受冷落的風箏們切身體會到了戀愛帶來的好處。

若若不僅是哥哥的光，還是我們的光 QAQ。

雖然愛豆不愛我們，可是若若愛我們啊！哥哥愛若若，若若愛我們，等於哥哥愛我們！

從此以後再也不用擔心愛豆退圈不營業了！哥哥不營業，我們就去催若若，若若說想看，哥哥就發自拍惹，大家一起舔，快樂！

但快樂的日子總是短暫的。

年一過完，許摘星就要回B市了，畢竟辰星那麼大一個公司不能不管，而且現在正是新一年各個案子啟動的時候，她回去要日理萬機，沒時間再往S市跑了。

這麼一算，接下來快兩個月兩人都見不到面。

這對於熱戀期的戀人來說實在是太難了。

岑風自從大年夜去過一次許家，之後就沒再去了。一來是拍戲忙，二來是儘管許父許母喜歡他，但再怎麼也只是戀愛階段，老是往人家家裡跑在家裡過夜，看起來挺居心不良的。

許父、許母畢竟是思想傳統的父母，岑風不希望給他們留下不好的印象，就連睡前故事每晚都是用視訊講的。

許摘星覺得不能這麼對愛豆，臨走前必須當面講一次睡前故事給愛豆聽！

於是她提前收拾好行李，騙家裡她是今天下午的飛機。許父許母也沒懷疑，還開車把她送到機場，等兩人一走，她又偷摸摸拎著行李箱返回劇組酒店。

提前傳了訊息給尤桃，等她下車的時候，尤桃已經把房間訂好了，就在岑風的房間旁邊。

尤桃還要趕回劇組，帶著她進屋之後就說：「今晚老闆有夜戲，回來大概挺晚了，我把他的房卡留給妳啊。」

許摘星還在洗手間，頓時大喊：「我要他的房卡做什麼啊！」

回應她的是尤桃關門的聲音。

等她從洗手間出來，尤桃已經走了，房卡就放在茶几上。

許摘星盯著房卡看了一陣子，莫名其妙有點心跳加速。

她在房間裡看一下電視，到了傍晚訂了份餐，吃完之後又去洗了個澡，吹完頭髮出來天已經黑了。

她繼續縮回沙發上看電視，但視線老是時不時瞄過茶几上的房卡。

腦內的小人又開始打架。

現在他們已經是戀人關係了，去他房間等一等怎麼了？

不能太主動啊！女孩子要矜持啊！

矜持什麼？她來的目的不就是為了講睡前故事嗎？萬一愛豆回來的時候她已經睡了，他又沒來叫她的話，不就錯過了嗎！

去他房間等什麼的也太曖昧了吧！

在這裡也是看電視，在那裡也是看電視，換個房間怎麼就曖昧了？她又不做什麼！

許摘星的行為向來不受大腦的約束，等她回過神來的時候，已經捏著房卡出門了。而且她還沒拿自己的房卡，門已經鎖上，她進不去了。

唉，這就沒辦法了。

許摘星小朋友「被逼無奈」刷開了愛豆的房門。

他已經在這裡住了一個多月，空氣裡都有他身上的味道。房間很整潔，但到處都擺著他的私人物品。

許摘星像驟然闖入愛豆私人空間的小偷，整顆心快要跳出喉嚨。她趕緊跑去打開電視，向空氣彰顯自己純潔的目的。

客廳的窗戶開著，空調剛開始運行，溫度有點低，她只穿了件睡裙，跑去把窗戶關了，拉上窗簾又關上燈，把愛豆搭在一旁的外套蓋在身上，乖乖縮在沙發上看起電視。

今晚的夜戲拍了很久。

岑風知道小朋友等著，自己的戲份幾乎都是一條過，但是架不住其他配角頻繁ＮＧ，等結束的時候已經是半夜十一點多了。

匆匆打了聲招呼就往酒店趕。

下車的時候尤桃狀若無意說了句：「我把我這的房卡給她了。」

劇組包店前提前打過招呼，所以酒店幫助理和本人都配了房卡，岑風聽到她這麼說也沒什麼反應，只是很淡然地點了下頭。

尤桃看著老闆遠去的背影，在心裡默默祈禱：大小姐妳可千萬別慫啊！辰星給我搞快點！

出了電梯，左轉十五公尺就是他的房間。

岑風掏出房卡，滴答一聲，推開了門。

屋內關著燈，電視投出一片白光，借著光能看見睡在沙發上的女孩。

她蜷成一團，腦袋往下歪著，上半身蓋著他的外套，露在外面的小腿細又雪白，微微吊在邊緣。

聽到開門聲，她醒過來，但眼睛還沒睜開，嗓音迷糊喊了句，「哥哥。」

岑風走過去坐下，手掌摸了摸她的小腳，不冰，暖呼呼的。

他俯身親親她的眼睛：「怎麼不去床上睡？」

她趁勢摟住他的脖子，軟乎乎說：「看電視看到睡著了。」

她只穿了一件睡裙，身上沐浴後的清香帶著溫度竄進他鼻腔，摟著他時，身體微微相貼。

岑風眸色深了深，手臂撐著沙發，儘量抬直身體，聲音有點啞：「乖，我抱妳去床上睡。」

她抱著他不鬆手，還拿小臉蹭他頸窩：「我不睡，我要講睡前故事。」

他繃著背脊，嗓音低啞：「去床上講。」

昏暗燈光下，看到女孩的臉漸漸紅了，小聲嘟囔了一句：「我不去床上。」

岑風呼吸漸重。

撐在沙發上的手臂漸漸鬆下來，沒了支撐，他俯身下去，貼著女孩溫熱的身體，低頭從嘴唇一路親到耳廓。

許摘星在他身下顫慄。

聽到他啞聲問：「那就在這裡？」

身下的女孩抖得更厲害，小手攀著他的肩，哆哆嗦嗦問：「在……在這裡做什麼？」

岑風微一抬頭，垂眸笑著說：「當然是在這講故事。」

話是這麼說，身體卻壓得更緊，另一隻手從腰窩一路往上，撫過她細膩的背脊，將她整件睡裙都撩了起來。

他親她的眼睛、親她的鼻尖、親她的鎖骨，最後親她的唇，聲音裡喘著氣，低啞著問：「不然還能做什麼？」

許摘星被他親到眼眸起了霧，已經說不出話了，微微挺著胸，像迎合，又像拒絕。

他吻得放肆，手上動作卻溫柔，不知道過去多久，電視裡傳出一聲巨大的爆炸聲，是電影裡的主角在大橋上撞了車。

岑風停下動作，微微抬頭離開她的唇，指尖輕輕撫了下她發燙的臉頰，手臂一撐，抬起身子，低聲說：「乖，我去洗一洗。」

許摘星睜開水汪汪的眼睛，一臉無辜地鬆開了手。

聽到愛豆深吸一口氣，緊接著身上一輕，他翻身而下，頭也不回地走進洗手間。

許摘星保持原姿勢躺在沙發上，喘了好一陣子氣，才把撩到胸口的睡裙扯下去，慢騰騰坐了起來。

等岑風洗完澡出來的時候，女孩已經在沙發上正襟危坐，盤著的腿上蓋著他的外套，專心致志看起了電影。

他在她身邊坐下來，伸手摟過她的肩，把她撈到懷裡。

許摘星臉有點紅，但沒拒絕，乖乖靠在他肩頭，聞著他身上洗完澡後淡淡的濕意，心裡特別安心。

電影已經播到結尾，兩人都沒說話，就這麼靜靜抱著，等片尾曲出現的時候，許摘星才在他懷裡輕輕動了一下，軟聲問：「哥哥，今晚想聽什麼故事呀？」

他低頭親她香香的頭頂：「都可以。」

她手臂環過他的腰，貼著他的心口：「好吧，今天就講美人魚的故事。那我開始啦，從前，有一條美人魚，迎來了她兩百歲的成人禮……」

女孩軟綿綿的聲音讓這個即將分別的夜晚變得柔軟起來。

等一個故事講完，女孩已經打了好幾個哈欠。

岑風的下巴輕輕擱在她頭頂，低聲交代：「明天不能送妳，到了傳訊息給我，路上注意安全，有事就打電話給我。」

她乖乖應聲：「好。」

他笑著親了她一下，手臂還過她的腿窩，「乖，我抱妳回去睡覺。」

身子淩空而起，許摘星摟住他的脖子，見他往門口走，急得蹬了兩下腳，「等……等等！哥哥我的房卡掉在房間裡了！」

岑風腳步一頓，低頭看懷裡的女孩。

她臉色緋紅，視線有點慌張，結結巴巴解釋：「我……我忘記拿了，先打個電話給前檯……」

岑風沒說話，直接抱著她轉身朝自己臥室走去。

許摘星更慌了：「哥哥……不是，我……」

岑風的步伐邁得大，很快走進臥室，俯身把她放在床上。許摘星雙眼朦朧，緊抿著唇，摟著他的脖子不放手。

他笑了一下，低聲說：「我不會做什麼，相信我，嗯？」

許摘星這才鬆開手，鑽進被窩裡。

岑風替她蓋好被子，俯身親了下她的臉頰：「寶貝晚安。」

轉身正要走，許摘星伸手拽住他的衣角，等他回頭時小聲問：「你去哪？」

他溫聲道：「去沙發上睡。」

許摘星一下子從床上翻起來，「不行！你睡床，我……我回我的房間去，我打電話給前檯！」

岑風嘆了聲氣，回身在床邊坐下，摸摸她毛絨絨的腦袋：「聽話，最後一晚，我不想離妳太遠。」

許摘星小手還拽著他的衣服，心跳如擂，好半天像是下定決心似的，小聲說：「那你睡這裡。」她鼓起勇氣，抬眸看著他：「我們一起睡床。」

岑風的嘴角微微勾了一下。

許摘星說完這句話就鬆手了，垂著小腦袋往另一邊挪了挪，讓出一大塊位置，然後躺下去縮進被窩，緊緊閉上眼。

片刻後，聽到愛豆走出去關了燈，掩上臥室的門，然後在旁邊躺了下來。

她緊繃著身子，心裡有點懊惱剛才太衝動了。

正不知所措，身子被愛豆撈了一下，他低聲說：「到我懷裡來。」

許摘星還閉著眼，緊張兮兮地原地打了個滾，滾到愛豆懷裡。

他心滿意足地摟住她，親親她的額頭，笑著說：「睡吧。」

她的心跳得好快，過了好半天才悄悄睜開眼。房間黑漆漆的，什麼也看不見，只能聽到他平穩的呼吸。

許摘星攏在胸前的兩隻小手悄然鬆開，然後一點一點攀爬，最後搭在他的腰上。

頭頂傳來岑風的低聲：「不要亂摸。」

女孩頓時反駁：「我還沒摸呢！」

他按了下她的手，低頭貼著她耳朵，呼吸已經不如之前平穩：「別亂摸，我會難受。」

許摘星不知道是不是感覺到什麼，嚇得一動也不敢動了。

岑風笑了一聲，安撫似的摸了摸她的背脊，「乖，睡覺吧。」

第二天一早，岑風比她先醒來。

他習慣早起，睜眼的時候，懷裡的女孩還睡得很香，小手緊緊摟著他的腰，腦袋蹭在他的頸窩，整個人幾乎都扒在他身上。

他有些難受。

慶幸她還沒醒，他還有時間平復。

等緩下去了，才輕輕把手臂從她的腦袋下面抽出來，悄然下床去洗手間洗漱。出來的時候許摘星還睡著，睡姿可愛地趴在床上。

岑風坐在床邊看了一陣子，實在忍不住，拿手機拍了兩張照片，最後才去親親她壓出紅印子的臉頰，溫柔喊：「起床了。」

女孩嚶嚀兩聲，往被子裡縮。

他笑著抱她，手從她背後繞過，把人抱了起來。許摘星趴在他懷裡不想睜眼睛，軟綿綿的身體蹭過來蹭過去。

他被蹭到呼吸都重了些，微微推開她：「衣服在哪裡？」

她聲音沙沙的：「我房間。」

岑風不得不把她放回去，「我打電話給前檯，妳再睡一下。」

女孩起床氣重，又愛賴床，縮回被窩又蜷著了。幾分鐘之後前檯上來把門打開，許摘星的衣服堆在沙發上，他全部抱了過去。

就這麼一下子的時間，她又睡熟了。

要不是飛機快趕不上，岑風都不忍心叫她。

又是一陣軟磨硬泡，才把人從被窩裡抱起來，她還是不願意睜眼，摟著他的脖子迷迷糊糊地撒嬌，岑風被磨到不行，低著聲音問：「要我幫妳穿嗎？」

許摘星這才清醒一點。

睜眼就看到放在一旁的衣服，還有她的黑色內衣。

這下子完全清醒了，一下子鬆開手，結結巴巴地說：「我我我……我自己穿！」

岑風笑著親了她一下，起身走出去關上門。

幾分鐘後女孩穿戴整齊走了出來，不跟他說話，又噠噠噠跑進洗手間洗漱，等她全部弄完出來時，叫的早餐已經送上來了。

岑風倒了杯牛奶給她，盤子裡放著火腿吐司和煎蛋，晨光從拉開的窗簾透進來，許摘星看著這一幕，突然有一種她已經跟他在一起生活很久的錯覺。

那種跟他好像有了一個家的感覺，讓她整顆心都柔軟到不行。

吃完早飯，岑風安排尤桃送她去機場。

許摘星忍著不捨，乖乖揮手說再見。

上車前，他很溫柔地親了下她的額頭，笑著說：「在B市等我。」

許摘星在心裡幫自己打氣，不就是兩個月嗎！曾經的兩年我都可以！兩個月有什麼大不了的！就當兩個月追不了活動，多正常啊！

但說起來容易做起來難，飛機才剛剛起飛，她已經控制不住思念成疾了。

這大概就是戀愛的後遺症。

跟追活動完全不一樣！

她以前怎麼沒發現自己居然這麼黏人呢QAQ。

為了壓抑住這股思念，一回到B市許摘星立刻投身工作，化身工作狂魔，努力不讓自己影響愛豆的拍戲狀態。

連每晚視訊講睡前故事的時候都會忍著想念，不說會讓他分心的話。

兩個月的時間簡直度日如年。

B市迎春花開的時候，許摘星終於等來了《荒原》劇組殺青的消息。

演員和官方帳號都發了殺青的貼文，電影預計年底上映，從現在開始進入製作期。

岑風四個月沒露面，全心投入拍戲，連新作品都沒有，如果不是官宣戀情維持了熱度，流量大概又要被甩開了。

資本市場就是這麼殘忍，吳志雲急到不行，等岑風剛下飛機，在車上的時候就把行程表遞過去，綜藝、採訪、商演、代言，一個都不少！

岑風現在也會開玩笑了：「你打算累死我？」

吳志雲：「就這兩個月，多露露臉，我們先把流量升回去。你今天累不累？不累的話晚上我們先去拍個雜誌。」

岑風說：「不累。」

還不等吳志雲說話，又繼續道：「我要去見我女朋友。」

吳志雲痛心疾首：「你怎麼這麼戀愛腦呢！」

岑風懶洋洋往後一靠，笑著說：「嗯，就是這麼戀愛腦。」

他沒說，他想她快想瘋了。

第二十五章　度假時光

許摘星今天本來要去接機的，但臨時被一個會議纏住了，開完會就火急火燎地往家裡趕。到家的時候，岑風已經在車內等了一陣子，跟吳志雲把接下來的行程確認了一遍，抬頭時看見黃色跑車急匆匆地開進來。

吳志雲把行程表一收，嘆氣道：「去吧去吧，行李我幫你拿回去。」

岑風笑著下車。

黃色跑車正在入庫，打兩下閃燈，像在跟他打招呼。

許摘星很快停好車，下車後看見站在不遠處笑吟吟的愛豆，剛才急切的情緒驟然消失，心裡面軟成一片，還混雜著些許小別之後的羞澀。

岑風看她在那扭扭捏捏的，笑著搖了下頭，張開雙臂，「還不過來？」

女孩這才撲向他懷裡。

摟著他的脖子軟綿綿說：「哥哥，我好想你呀。」

他低頭親她：「我也是。」

吳志雲還沒走，忍不住在車上按了聲喇叭，探出頭來，恨鐵不成鋼道：「不怕被狗仔拍啊？趕緊上樓！」

許摘星有點不好意思地埋下頭，岑風朝他揮了下手，然後牽著女孩往前走去。

上一次來她家還是元旦時，他從劇組趕回來，在那個夜裡向她表明了心意。四個月時間一晃而過，她也已經屬於他。

許摘星一進屋就被愛豆按在牆上。

纏綿又深入的一個吻，帶著這段時間以來發了瘋的思念，像要將她拆吃入腹。她被親得站不穩，岑風托著她往上一舉，小朋友無師自通，細長的雙腿纏住他的腰。

岑風抱著她轉移到沙發。

她半跪半坐在他腿上，雙手攀著他的肩，這個姿勢需要低頭，有種羞恥的情動。

許摘星覺得再這麼親下去可能要出事，她都快受不了了，更別說愛豆，掙扎著離開他的唇，抬直身體，小聲喘著氣：「哥哥，肚子餓了嗎？想吃什麼？」

他的眸色已經很深，但沒有再進一步，摸摸她的頭，尾音有些啞：「都可以。」

許摘星連忙從他身上下來，結結巴巴地說：「我去看看冰箱有什麼。」

等她走了，岑風才慢慢起身，去洗手間洗了把冷水臉。

她最近都在公司忙，沒怎麼在家做飯，冰箱裡空空的，只有幾個番茄和一盒雞蛋，從廚房探出腦袋問：「哥哥，吃番茄雞蛋麵可以嗎？」

岑風走過去：「可以，我來做吧。」

許摘星連連搖頭：「我來我來，你去休息！」

他笑了下，慢悠悠道：「我做的番茄雞蛋麵特別好吃。」

許摘星動作一頓，瞅了他兩眼，下意識吞了下口水，遲疑問：「真的啊？」

岑風點頭：「真的。」

許摘星雙眼發光：「那我要吃！」

於是廚房讓給愛豆了。

她跑去煮了兩杯咖啡，又把上次蘇曼送給她的自家醃的鹹菜切了一小碟，等麵上桌的時候，雖然並不如大餐豐盛，卻有種家常便飯的溫馨感。

愛豆說他做的麵好吃，果然很好吃。

也可能是粉絲濾鏡，許摘星覺得這是自己這輩子吃過的最好吃的番茄雞蛋麵。吃了兩口後忍不住拿手機拍了張照，發文。

——@你若化成風：『你們哥哥以後不混圈了，還可以去開麵館。』

風箏：？？？！！！

『不可以！不可以退圈！許摘星妳這個大豬蹄子吃到手了就不管我們了嗎！』

『繼機修之後我哥又發展了第二事業？』

『哥哥不是今天下午搭飛機剛回B市嗎？這就吃上了？一口狗糧撲面而來。』

『許摘星妳居然讓神仙做飯我殺了妳。』

『今晚的晚餐確定了，番茄雞蛋麵，同款 get。』

『別光拍麵啊！也讓對面的寶貝入個鏡啊！』

『快快快，剛好吃播開起來！我要看哥哥吃麵！』

許摘星架不住小姐妹們的催促，也對，自己吃麵，也要讓她們喝口湯，趁著愛豆低頭時，偷拍了一張，補在留言裡。

『仙子吃麵。』

風箏們這才心滿意足。

『啊啊啊啊啊啊啊睫毛好長！』

『最是那一低頭的溫柔 QAQ。』

『我好愛這樣的寶貝，溫暖又溫馨，這才像真實的活在人間。』

『圖片我偷走了，發動態，告訴我媽別幫我介紹男朋友了，我男朋友正在我對面吃麵。』

吃完飯天還沒黑，兩個人一起把廚房收拾了，岑風戴好口罩，牽著許摘星的手下樓散步。她住的是高檔社區，隱私安全做得很好，不擔心有狗仔混進來。不過現在兩人也不怕被拍到，散了一下步消完食，還去甜點店買了塊小蛋糕才回家。

甜點店的小妹認出兩人，激動到不行，等他們離開的時候才偷偷拍了張背影照傳到社群：『辰星夫婦來我店裡買小蛋糕了！兩人太甜了，比我的蛋糕還甜！』

照片被行銷號分享了一波，上了個熱搜尾巴。

網友們表示，從今以後要習慣吃這一對的狗糧。

岑風回B市之後行程就多了起來，除去拍雜誌拍代言外，目前最重要的活動就是即將到來的華語音樂盛典。

粉絲投票環節已經結束，風箏們幫愛豆保住了第一名，年度最具人氣歌手獎已經是囊中之物。除此之外，盛典上還會公布其他獎項，岑風的二專《聽風》有望獲得年度金專獎。

金專獎的含金量非常高，不僅需要作品的高品質，也需要高傳唱度，往年拿下金專獎的歌手都封神了，粉絲對於這一次的盛典報以非常大的期待。

這是愛豆閉關拍電影四個多月以來第一次公開行程，又有紅毯又有舞臺還有頒獎，風箏們卯足了勁搶票，勢要霸占整個場館。

許摘星逛了逛粉絲社群，看了下情況，又跟一直合作周邊的工廠增訂了兩千個訂單。

她的Q版玩偶已經打好版寄過去了，工廠大量製作，等活動開始前寄過來時，許摘星收到了幾大麻袋的玩偶娃娃。

數量之多，一車裝不下。

反正她的跑車裝不下。

為此不得不跟公司借了輛越野車，讓司機幫忙運送。活動當天跟小七她們約好了地點，車子開過去的時候，小姐妹們已經嘬著奶茶等在那了。

愛豆沒活動，她們也好長時間沒見，這還是戀情官宣後大家第一次見面，許摘星一下車就被小姐妹們團團圍住從頭到腳搓揉了一頓。

小七：「這嘴我哥親過了沒？讓我親一下！等同於跟我哥接吻了！」

許摘星：「……」

阿風媽一臉慈母笑，拉過她的手塞來一個紅包：「兒媳婦，這是婆婆準備給妳的紅包，不要嫌少啊！」

許摘星打開看了看，裡面還真的裝著錢，九十九塊九。

阿花狂搖她的肩膀：「快快快快快我要聽妳和哥哥的戀愛故事不得少於三千字！」

許摘星快被這群人笑死了，伸手打住：「停停停，先幫我把東西搬下來，這次的周邊太占空間了。」

車門拉開，小姐妹被幾個大麻袋驚呆了。

一群人彷彿外出打工過年回家，一人拖著一個麻袋吭哧吭哧往場館外去，吸引了一路的目光。

到達地標後，許摘星照常拍照發文，這次的玩偶做得非常精緻可愛，光是提前上傳在社群的圖片就萌得大家心肝顫，風箏們聞訊而來，排起長隊領起了周邊。

每領一個，都會跟許摘星說一句祝福語。

「若若，跟我哥長長久久呀。」

「若若恭喜妳實現了每個追星女孩的夢想，祝妳跟寶貝永遠幸福！」

「早點結婚呀！我要吃喜糖！」

「三年抱倆，我要看《爸爸去哪了》！」

「好好跟哥哥在一起呀，我永遠祝福你們。」

這是她們偷偷商量好要送給若若的禮物，她那麼美好，除了祝福，好像什麼都不能給她。

許摘星都快被她們說哭了。

這次的玩偶做了幾千個，一時間發不完，小七她們也都在幫忙發，正忙著，周圍突然響起喀嚓的相機聲。

不少媒體不知道什麼時候拿著相機圍了過來，居然還有人在直播。

「大家能看到嗎？許摘星現在正在場館外面發周邊，粉絲都排著隊，很有秩序。再近一點？我試試啊，看能不能採訪兩句。」

許摘星：「……」

你們不去紅毯等明星，到這來拍我是有毒嗎？

圍觀的媒體越來越多，鏡頭全對著許摘星，白光閃得她眼睛都睜不開了，側著頭往旁邊的小七身後躲。

小七頓時大喊：「不准拍照！你們做什麼呀？不准拍！」

還在領周邊的風箏們也察覺不對，長隊一下子散了，全部圍到中間來，把許摘星擋在裡面，斥責道：「不要亂拍！我們又不是明星你們拍什麼！再拍告你們侵犯肖像權！」

周圍的風箏本來就多，看到媒體堵在這裡，都趕緊跑過來幫忙。

很快拉起了人牆，把許摘星保護在最裡面。

媒體這下子什麼都拍不到了，人群中有人喊了一句：「許董，聊聊妳跟岑風的戀情啊！」

許摘星還沒說話，阿花就中氣十足地罵道：「知道喊許董還敢亂拍？不想在這個圈子混了是不是！你哪家媒體的？我記住你了！明天就讓你倒閉！」

許摘星：「噗……」

這麼一鬧，圍觀的媒體才不情不願逐漸離開了。

確定他們走遠不會再回來，風箏們拉的人牆才散開，又嘻嘻哈哈排起了隊。沒領到周邊的繼續領，領到了的就站在旁邊守著，以防又有蹭熱度的主播跑過來直播。

許摘星有點苦惱，「我以後是不是都發不了周邊了啊？」

旁邊幾個風箏大驚失色。

其中一個說：「可以啊，大不了以後戴個面罩嘛。」

許摘星：？

你們為了周邊這麼變態的嗎？

風箏：不管怎麼樣，周邊大佬不能跑。

大不了，以後都拉人牆囉。

我們不僅為愛豆拉人牆，我們還可以為愛豆的女朋友拉人牆！

等許摘星發完所有玩偶，天色已經暗下來了，她把幾個空的大麻袋收一收塞進垃圾箱，然後跟著小七她們趕往紅毯現場。

現場人山人海，前排是擠不進去了，小七跟阿花扯著她的袖子撒嬌：「我們為了陪妳沒搶到前排，見不到近距離的哥哥！等一下活動結束，妳要不要帶我們偷偷去看一眼？一眼就好！」

許摘星大手一揮：「安排！」

小姐妹們雙眼發光，開始為即將到來的追星巔峰做心理準備。

岑風的紅毯位置在中間，他今天的妝髮是另一位造型師做的，在圈內也是非常有名的藝人造型師。

自從確認戀愛關係後，許摘星就被愛豆單方面開除了，工作室簽了其他造型師，許摘星被迫「失業」。用愛豆的話說，他不想當她的老闆了。

好在這個造型師的工作能力也很強，今天的愛豆依舊是一套深色西裝，滿身矜貴之氣，走上紅毯時笑意溫柔，比起以前看上去親和很多。

粉絲們當然也發現他氣質上的變化，他的眼神多了許多溫度，是她們一直期望的模樣。

大家一起大喊著，瘋狂應援。

他的目光掃過，笑著揮手回應。

許摘星雖然什麼也看不到，但還是努力跟著大家一起應援，小七捅捅她說：「妳別喊名字，妳喊老公，說不定他聽到了就過來了！」

許摘星默了一下，下一刻：「老公！」

然後四周不少風箏同時跟著大喊：「老公！老公！啊啊啊啊啊老公！」

許摘星轉頭朝小七聳了下肩：「妳看。」

小七：「……」

行吧。

阿花無語地看著她們，「妳們這樣不行！看我的！」

她清清嗓子，放聲大叫：「哥哥許摘星在這邊看這邊！」

許摘星：？？？

前後左右一直專注看前面的粉絲這才發現若若也站在她們這，不知道是誰說了句「我數三二一，我們一起喊！」

許摘星：？？？

「三！二！一！」緊接著四周粉絲同時大喊：「哥哥看這邊許摘星在這邊！」足足喊了三遍。

已經走上臺階的岑風腳步一頓，轉身看過來，視線隨著聲音落在她們這圈的方向，然後笑著招了下手。

周圍的風箏差點叫瘋了。

也把現場的目光吸引過來了，媒體區有不少記者轉身對著這邊拍起來。

主持人也是笑到不行，等岑風拍完照走到中間簽了名，然後遞上麥克風，故意笑著問：「剛才你的粉絲是在喊什麼？」

他走紅毯一向話少，每次兩三句話就能把主持人搞到冷場，然後匆匆放他離開，這次卻是笑容溫和，不急不緩道：「她們在喊我女朋友的名字。」

下面又是一陣尖叫，主持人「哇哦」一聲，繼續道：「是的，我們都知道，岑風在今年的第一天，也就是大年初一，官宣了戀情。我看網友們都說又相信愛情了，那你現在跟之前相比，心境上有什麼變化嗎？」

白光不停地閃爍，他微微垂了下眸，唇角的笑卻很溫柔：「比以前更愛這個世界了吧。」

他曾經排斥憎惡這個世界，甚至怨恨周圍的一切。

他想逃離，想離開，甚至想過毀壞。

唯獨沒有愛。

直到他的女孩出現。

陽光、白雲、花香、鳥叫，和人群熱情的臉龐，這一切在他眼裡，又重新擁有的色彩和溫度。

他願意重新熱愛這個有她的世界。

別說主持人，連臺下的媒體和粉絲都愣了一下。

反應過來的時候，不少粉絲眼眶開始泛酸。

主持人回過神來，笑著活躍氣氛：「看來兩人真的很甜蜜啊，聽說是你追她的？」

岑風笑了一下：「對。」

主持人：「能跟我們分享一些細節嗎？」

岑風：「不能，她害羞。」

主持人大笑，終於沒再繼續：「好的，那我換個問題，大家都知道你的第一部電影剛殺青，那接下來是打算進軍影視圈了嗎？音樂這塊會不會暫時被擱置呢？」

說到工作，他語氣認真：「不會，音樂目前還是我的重點，忙完接下來一段行程後我準備閉關，開始做新專輯。」

粉絲一聽有新專輯，頓時雞叫連連。

主持人笑道：「看來粉絲很激動啊，大家都很期待你的新專輯，希望能早日聽到新歌。歡迎我們岑風來到今晚的音樂盛典，預祝你今晚取得好的成績。」

等愛豆離開，周圍幾個嗓子已經喊啞了的小姐妹逮著許摘星一頓狂搖：「啊啊啊你們也太甜了哥哥也太寵了吧！」

許摘星的耳根早就紅了，在他在公眾場合當著所有人的面說「女朋友」的時候。

紅毯結束，觀眾陸續入場。

今晚註定是岑風的主場。

其他歌手表演的時候風箏們都沒開燈牌，一來是節約用電，二來是為了表示尊重。直到岑風從升降臺升起，一首〈瘋子的世界〉開場，全場橙光驟然亮起，橙海連綿，萬分壯觀。

四個月未見的舞臺，魅力依舊。

還是那句話，當他在臺上表演的時候，你的目光再也無法從他身上移開。

主持人先公布了粉絲投票的獎項，年度最具人氣歌手獎就在其中。

等這些獎項頒完，接下來是萬眾期待的大獎，比如年度金曲獎、最佳新人獎，以及年度金專獎。

小七緊張兮兮地捏著許摘星的手：「妳打聽過嗎？金專是我們家的嗎？」

許摘星：「沒啊，不知道啊。」

小七不開心地瞪了她一眼：「那妳當這個許董有什麼用？還不如拿來給我！以權謀私都不會！」

許摘星：「我要是插手，萬一被污蔑說我干預獎項公正性、黑幕怎麼辦？」

小七：「……倒也是，算了，還是祈禱吧。哥哥今晚一定要封神啊！」

其實第二張專輯就拿金專獎，在樂壇是從未有過先例的。

但風箏們莫名其妙對自家愛豆很有信心。

好像他生來就是為了打破規則和記錄，別人做不到的事，放在他身上輕而易舉。

當主持人在臺上念出「恭喜岑風獲得年度金專獎」時，所有粉絲除了大聲尖叫以外，沒有震驚的情緒。

比起當年愛豆得個最佳新人都驚喜到不行，穩重多了。

獎項頒發後不到三分鐘，音樂盛典官方帳號上傳了現場影片和祝賀詞。各大媒體行銷號也紛紛發文：『岑風《聽風》獲金專，一舉封神。樂壇最年輕金專獎獲得者，打破最少專輯獲獎記錄。』

沒在現場的風箏們也守著直播看，等獎項一出，群情激昂，雖然早有準備，但愛豆真的得獎還是無比激動。

粉絲們改口改得飛快，已經開始叫「風神」了。

業內好幾個知名樂評人都對這個獎項表示認可，認為岑風當之無愧。

隨著金專獎的公布，岑風在樂壇的地位水漲船高，最直接的表現就是，商演出場費更高了，主動找上門來的高級代言也多了。

用吳志雲的話說，能賺更多的老婆本了。

趕了兩個月的行程之後，吳志雲又期期艾艾遞來了幾個劇本，有電影，也有電視劇。結果準備好的說辭還沒說出口，岑風看也不看就拒絕了。

「接下來幾個月我要閉關做專輯。」

吳志雲心痛地說：「專輯在哪不能做呢，在劇組也可以做啊！」

岑風：「我要出國，尤桃已經把房子租好了，簽證也辦了。」

吳志雲：？？？

他差點一口血噴出來，「你一個人？」

「當然不是。」岑風抬頭朝他笑了下，「和我女朋友。」

吳志雲：？？？

那你他媽到底是去閉關還是度假啊？

他一出門就打電話給大小姐，痛心疾首地斥責：「他戀愛腦妳也戀愛腦嗎？還跑去國外度假！妳信不信我告訴妳哥！」

許摘星：『你信不信我扣你薪水？』

吳志雲：？

被這兩個人氣到暈厥。

不管怎麼樣，房子租了，機票訂了，簽證辦了，他也阻止不了了。

於是盛夏的時候，許摘星把公司的事情交接好，拖著小行李箱開開心心跟愛豆出國度假去了。

飛機是早上十點的。一大早，尤桃開車先去別墅接岑風，然後再去接許摘星。

兩人都沒帶什麼東西，只有一些換洗的衣服和生活必需品。許摘星一向奉行走到哪買到哪，大包小包提著多不方便。

岑風在路上買了早餐給她，許摘星吃了一路，到機場的時候跟尤桃抱了一下，興致勃勃地說：「我會帶禮物給妳的！」

她臉上的興奮肉眼可見。

畢竟是第一次跟愛豆一起旅遊度假，從他提議那天開始就在期待了。

下車前岑風戴好口罩，又把自己的帽子扣在她頭上，然後一手拖著行李一手牽著她朝機場走去。

這次是私人行程，沒有對外公開，粉絲自然也不知道，沒有人送機。

路人行色匆匆，都在趕早班機，沒多少人注意到他們，兩人一路走得挺輕鬆。但好巧不巧，取登機證的時候，遇到了被圍堵的周明昱。

他一路腳步匆匆，走到自助機前的時候催促助理：「快點快點，他們又追過來了！天啊這不是我的粉絲吧，怎麼這麼能跑啊！」

這話剛落，許摘星就聽到他驚訝道：「風哥？許摘星？你們怎麼在這啊？」

他一臉他鄉遇故知的興奮湊上來，「好巧啊！你們去哪？」

許摘星說：「出國度假，你最近不是休假嗎？」

周明昱有點激動：「是啊，我不是也打算去度假嗎？你們去哪啊，我去巴黎！」

許摘星：「不告訴你。」

岑風取出登機證，朝他招招手：「走了，下次回國見。」

周明昱趕緊湊上來：「別啊，再聊聊啊，還早呢。我跟你們一起過安檢啊。」

許摘星義正辭嚴地拒絕他：「不行！還沒人發現我們，你走遠一點！別把我們也暴露了！拜拜拜拜！」

說完，拉著岑風急匆匆往前走。

岑風笑了一下，回頭朝周明昱揮了揮手。

周明昱一臉氣憤地朝他們做鬼臉。

身後遠遠傳來圍觀人群的尖叫聲，朝著周明昱圍了過去。

他趕緊跑了兩步，不知道想到什麼，突然停下來。

然後走出沒多遠的許摘星就聽見他掐著嗓子大喊道：「哇，那不是岑風和許摘星嗎！岑風！天啊是岑風啊！是岑風和許摘星啊！」

許摘星：？？？

一句靠還沒說出來，愛豆拉著她往前跑，身後爆發出陣陣尖叫，忽略掉周明昱，朝著他們湧了過來。

然後兩人就被一路追到安檢口。

許摘星差點累死在機場。

他媽的，回國就雪藏周明昱。

等兩人登機的時候，全網都知道辰星夫婦攜手出國度假去了。CP粉之前還擔心哥哥出國閉關妹妹又獨守空房兩地分居，現在總算是開心了，紛紛在社群囑咐：『抓緊時間和機會造人啊！』

上飛機之後，許摘星昱傳了一個「你死定了給老子等著」的梗圖給周明，然後氣呼呼開了飛行模式。

頭等艙的座位沒坐滿，除了他們之外，只有一對老夫妻和一個年輕女孩。那女孩本來戴著耳機聽歌，看著窗外一臉面無表情的高冷。

直到許摘星和岑風走進來，她先是愣了一下，然後瞳孔放大，高冷頓時蕩然無存，變作狂喜的激動。

她重新滑開手機，趕在飛機起飛前去辰星粉絲社群發了文：『靠靠靠我跟哥哥和妹妹同班飛機！這一路的糖我要嗑到死！』

ＣＰ粉的天堂莫過於此。

空姐很快做完客艙檢查，飛機開始滑動，許摘星早上起得太早，睏睏地打了個哈欠，腦袋軟綿綿朝愛豆靠過去。岑風往下坐了坐，手臂從她的腦後伸過去摟住她，讓她能靠得更舒服些。

目睹這一幕的女孩激動地用手捂住嘴，差點忍不住發出雞叫。

親眼嗑糖，甜到暈厥。

快！把這一切記錄下來！糖不能只有她一個人嗑！

ＣＰ粉忍住激動摸出手機點開備忘錄，寫起了辰星恩愛小作文。

許摘星期間去上廁所的時候跟女孩的視線對上了，那兩眼發著光的興奮模樣她再熟悉不過，當即朝女孩露出友善的笑，上完廁所後還主動走過去問她：「是風箏嗎？」

女生激動地說：「不是！我是ＣＰ粉！妹妹妳太乖了嗷！可以幫我簽個名嗎？」

是風箏還好說，ＣＰ粉的話許摘星就有點不好意思了，抓了下頭髮，「可以，但是我的簽名不好看。」

「沒關係沒關係！」女生從包裡掏出筆記本，自己先在本子上寫上「辰星ＣＰ恩愛白頭」，然後一臉興奮地遞給她，「簽空白處就可以！」

許摘星接過筆寫好名字，女生用氣音說：「妹妹，妳能拿過去讓哥哥簽嗎？」

許摘星忍不住笑道：「妳自己去找他呀。」

女生吐了下舌頭：「我不敢，哥哥看起來冷冷的。」

許摘星說：「他很溫柔的。」

女生：「只對妳溫柔！啊啊啊這就是絕美愛情！我此生全部的溫柔都給了妳一個人！」

許摘星：「……」

ＣＰ粉嗑起糖來還真是旁若無人。

她在女生期許的目光中拿著本子走了回去。岑風正戴著一隻耳機看電影，點了暫停笑著問：「在聊什麼？」

許摘星把本子遞過去，小聲說：「ＣＰ粉，簽名。」

岑風挑了下眉，看著本子上那句話笑了一下，拿過筆在她的簽名旁邊寫下自己的名字，又在後面加了一句：「謝謝祝福，我們會的。」

女生拿回本子看到上面的話激動得差點厥過去。

飛機飛了十多個小時，第二天淩晨才落地，下機前許摘星主動去問那個ＣＰ粉要不要合照，女生連連擺手：「不了不了不了！我不配出現在絕美ＣＰ的畫面上！」

她拖著行李箱，最後殷切地看了他們一眼，語重心長道：「都是成年人了，該做的事都可以做起來了哈，早日實現生命的大和諧，爭取為人類的繁衍做出貢獻！」

許摘星：「……」

岑風微笑：「好。」

ＣＰ粉：「嚶！」

溜了溜了，人生圓滿了。

還沒出機場，一篇長達三千字的小作文就上傳在辰星粉絲社群，詳細記錄了這十幾個小時飛行期間辰星夫婦的甜蜜互動。

什麼妹妹靠著哥哥的肩看電影啦，哥哥找空姐幫妹妹要牛奶啦，妹妹睡著時哥哥用手托著她的腦袋還溫柔地親親她的額頭啦。

啊，看得辰星黨們暴風哭泣。

最後原ＰＯ還上傳了一張圖片，是她在飛機上要的簽名。

妹妹的字娟秀可愛，哥哥的字大氣飛揚，連字跡都這麼配QAQ。

最後還有哥哥手寫的那一句話，寵溺和甜蜜簡直躍然紙上。

你們這麼甜，真的不考慮接一個戀愛綜藝給我們撒撒糖嗎？

人生萬般苦，唯有辰星甜啊 QAQ！

甜甜的辰星夫婦此時已經坐上了提前安排來接機的車。

岑風閉關的時候不喜歡住酒店，因為他要創作，在酒店使用樂器不方便。所以大多都是讓尤桃選一個清幽的地段租一間房子，短住一、兩個月，什麼都方便。

這次租的房子在臨海的一個小鎮上，順著公路往上走五公里，穿過一片花田，就是當地著名的海崖，聽說是賞日出和夕陽最好的景點。

司機是華僑，交流起來也方便，一路開著車帶他們過去，還介紹了沿途的風景和小吃，下車的時候留了一張名片給他們，讓兩人需要什麼儘管找他。

當地時間已經是淩晨三點多了。

許摘星在車上挺睏的，下車之後看到眼前藍白相間的歐式小房子，聽到不遠處海浪的聲音，瞬間清醒了。

漂亮的房子前還有一圈籬笆，爬滿了紫色的小花，推開柵欄，走過白色的小石子路，岑風從事先說好的信箱裡拿到了房門鑰匙。

屋內布置一應俱全，打掃得很乾淨，風格簡約清新，好幾處插著新鮮的花。許摘星一進去就喜歡得不得了，裡裡外外逛了一圈，跑出來撲到愛豆懷裡：「我好喜歡這裡呀！」

岑風笑著親親她：「喜歡就多住一段時間。」

他把行李箱裡的生活用品拿出來，「先去洗澡吧，早點睡，明天再收拾。」

許摘星乖乖「嗯」了一聲。

洗完澡換好睡衣出來，臥室的燈亮著，岑風正在裡面掛衣服，她瞅了兩眼，抿了下唇，悄悄轉身又去推另一間房。

是書房。

再推開另一間，放著鋼琴和吉他，是尤桃專門交代幫岑風準備的琴房。

把剩下的房間看完了，沒找到第二間臥室。

許摘星噠噠噠跑回唯一的臥室，扒著房門問：「哥哥，只有一個臥室啊？」

岑風把兩人的衣服掛好，回過頭來：「嗯。」

許摘星：「……那我睡哪啊？」

他挑了下眉，似笑非笑：「妳說呢？」

許摘星：「嚶……」

岑風把她慣用的睡眠薰香點在床頭，然後拿過自己的睡衣，「睏了就先睡吧，我去洗澡。」

她看著愛豆進了浴室，又回頭看看鋪好的大床，耳根漸漸紅了。做了半天心理準備，最後一咬牙一閉眼，撲到床上裹上了被子。

岑風洗完澡一過來就看見女孩蜷成一團縮在床邊。

他無聲笑了一下，吹乾頭髮後檢查一遍門窗，然後關上燈走進臥室。

許摘星還蜷著，假裝自己睡著了。

床墊陷了一下，他躺了上來，緊接著啪嗒一聲，燈也關了。許摘星心尖莫名一抖，想起今天下飛機時CP粉說的那句話，心想，不會這麼快就要開始實現生命大和諧吧？

她還沒做好心理準備啊！

那個什麼也也也也沒買啊！

正胡思亂想，腰被愛豆摟住了。他側身貼上來，兩三下把她按到懷裡。

許摘星牙齒發顫：「哥……哥哥……」

岑風下巴抵著她的腦袋，聲音有點低：「今天太累了，我什麼也不做，睡吧。」

許摘星鬆了一口氣，身子也軟下來，安安穩穩閉上了眼睛。睡了沒幾秒，突然一個機靈。

等等？

今天太累了什麼也不做？

那意思是明天不累了就要做？

第二十六章　坐月子上熱搜

許摘星在愛豆懷裡戰戰兢兢睡著了。

感受到她熟睡的呼吸，岑風才在黑暗裡睜開眼，無聲笑了一下，低頭親了親她的耳畔，輕聲說了句「寶貝晚安」。

兩人一直睡到第二天下午。

屋外傳來自行車叮鈴叮鈴一路碾過石板的聲音，偶爾靜下來時，還隱隱能聽到海浪拍打礁石的浪聲。

許摘星頂著雞窩頭拉開窗簾，陽光透進來，她瞇著眼伸了個懶腰，又高興地撲回床上：「哥哥，今天天氣好好啊！我們去購物吧！」

房子雖然是拎包入住，但總歸還是缺一些生活用品，冰箱也空著，需要補充食材。

許摘星洗漱完，換好衣服，先跟愛豆一起把昨晚沒收拾完的行李整理好了，然後拿著手機備忘錄把等一下需要買的東西一樣一樣記下來。

當地的食物兩三天吃一頓沒問題，但天天吃大概會受不了，還是要自己做飯。廚具都有，只是缺少調味料和食材，岑風在前面念，許摘星就在後面記。

「這邊能買到枸杞嗎？煲湯要用的。」

「要多買一點水果，還可以做水果霜淇淋！」

「啊，那霜淇淋模具也要一起買上。」

「太陽有點大，太陽傘也要買一把，防紫外線。」

「昨晚我好像聽到有蚊子，電蚊香記上！」

「零食的話，過去了再選吧。」

等最後全部確定完，備忘錄裡已經記了長長一列了。想著等一下就可以把這個小房子填充完整，許摘星突然有種跟愛豆一起布置婚房的奇妙感。

暗自羞澀。

兩人先出門吃飯。

小鎮靠海，整體風貌格外清新，大多都是藍頂白房，他們隔壁住了個金髮碧眼的老爺爺，正在門前的花園裡除草，看著兩人走過來，還笑著朝他們招了招手。

異國他鄉，不擔心狗仔偷拍路人圍觀，兩人牽著手走在陽光充裕的街道上，心情前所未有的愉快。

許摘星英文流利，岑風比她較弱一些，但日常交流完全沒問題，吃完飯詢問老闆超市的位置，得知附近最大的超市在十公里之外的地方。

「你們可以去前面轉角處租車。」老闆用英文熱情地介紹，「開車過去很方便。」

兩人跟老闆道了謝，沿著指示一路往前走，前面果然有一個租車行。大多都是自行車，這個小鎮多用自行車代步。也有老式的敞篷跑車，看起來特別有年代感，有點像二十世紀美國電影裡的那種老爺車。

許摘星還沒坐過這種車，有點興奮地東摸摸西看看，仰著小腦袋問：「哥哥，我們可以開這個嗎？」

岑風笑著跟車行老闆交流了幾句，詢問車子的使用年限和性能，最後還獲得老闆的同意，打開引擎蓋檢查一下車子。

確定車子沒問題，就交錢了。

去超市的公路沿著海岸線，天與海相交，一眼望去看不到盡頭，許摘星扒著車門看了半天，轉過身開心地對他說了句什麼。

車子一跑起來海風呼呼，岑風沒聽清楚，稍微慢下速度，偏頭問：「什麼？」

她笑得眼睛彎彎的，雙手捧在嘴邊做喇叭狀，在風中大喊道：「哥哥！我們這樣好像私奔啊！」

岑風忍不住笑起來，一手握著方向盤，一手伸過來摸她的腦袋。

許摘星蹭蹭他的掌心，搖頭晃腦地唱：「我能想到最浪漫的事，就是和你一起私奔到天涯海角！」

到超市的時候，許摘星散在肩頭的柔順長髮已經快被吹成爆炸頭了，不得不對著後照鏡綁了個高馬尾。她其實很適合綁馬尾，露出漂亮的天鵝頸和精緻的耳廓，整個人顯得明媚俏麗。

超市裡的人不算多，但東西很齊全，還有專門的亞洲食物區。兩人推了大的購物車，許摘星拿出手機點開備忘錄，開始一個一個購買。

這還是兩人第一次一起逛超市。

許摘星心底的幸福感簡直要溢出來了，看到什麼都想買。岑風也不阻止，她想買什麼都依著她。

連歸置貨架的營業員都以為這是一對甜蜜的新婚夫婦，介紹芳香劑時直接對岑風說：「你太太看上去像玫瑰一樣漂亮，可以拿這款玫瑰香。」

許摘星聽到她說「wife」，臉紅了一下，岑風很自然地拿過玫瑰芳香劑，笑著說了句：「我也這麼覺得。」

等營業員走遠了，許摘星才小聲說：「她剛剛說的是wife……」

岑風偏頭看了她一眼，笑得很淡定：「我英文不太好，不知道這個單字的意思，她說的不對嗎？」

許摘星：「……」

鬼才信你的話！

愛豆真是越來越壞了！

買完零食，前面就是鮮花區域，前面的空曠處搭了舞臺，一個穿著燕尾服的外國小帥哥正站在上面表演魔術。

周圍不少人圍觀，許摘星也湊過去看熱鬧。這地方少見亞洲面孔，她一去魔術師就注意到她了。今天女孩穿了件白T恤配短裙，腰細腿長膚白貌美，非常搶眼。

剛好下一個魔術有一個小互動，小帥哥直接走到許摘星面前，先紳士地朝她彎腰伸手，在周圍鼓掌聲中圍著她跳了圈舞，然後手往她耳後一伸，手上出現一朵鮮豔的紅玫瑰。

小帥哥笑著把玫瑰遞給她，許摘星有點受寵若驚，笑著接過玫瑰，說了句謝謝，然後跑到愛豆身邊，特開心地說：「哥哥，看！」

岑風瞟了一眼，沒說話。

許摘星自顧自開心：「外國人真熱情！」

等把備忘錄上的清單都清空後，購物車都快裝不下了。許摘星拿著玫瑰花蹦蹦跳跳跟在愛豆身邊去門口結帳。

經過生活用品貨架的時候，許摘星突然看到陳列在貨架上的保險套。

這一眼真是嚇得她魂飛魄散，不蹦也不跳了，小心翼翼抿起唇，偷偷看了看愛豆，心想，他是故意走這邊的嗎？

這就要買了嗎？

當著她的面選嗎？

我靠這也太刺激了吧？那他選的時候她是假裝沒看見還是也給一些參考意見啊？不是！要不然還是做做樣子，稍微阻止一下吧？

唉，雖然都是成年人，她也並不是很抗拒啦，但是……矜持一下總是必要的吧？

女孩內心百感交集，心潮起伏，正胡思亂想，就看見愛豆腳步不停，目不斜視穿過通道，推著購物車走遠了。

許摘星：？？？

不買嗎？

岑風走了幾步見女孩沒跟上來，回過頭一看，她一臉幽怨地站在原地，淡聲問道：「還要買什麼嗎？」

許摘星：「……」

你都不主動買，難道還要我主動問嗎？

我才不會上當呢！

她抬步跑過去，牽住他的手，小腦袋揚得老高：「沒有！」

結完賬，兩人提著幾個大購物袋回到老爺車上，開車回家。

下午的陽光依舊燦爛，岑風先把車開到家門口，把東西拿進屋，然後才開去車行還車。許摘星沒跟著去，蹲在屋裡收拾今天購物的成果。

空蕩蕩的冰箱一下子堆滿了，擺上水果和零食之後，簡潔的客廳也多了些生氣。她還買了半隻雞，準備今天晚上燉雞湯給愛豆喝。

岑風回來的時候她已經把雞切好裝鍋了，正在往裡面放佐料。他手裡拿了份披薩，是剛才回來的時候隔壁家的老爺爺送給他的，說是給新鄰居的禮物。

許摘星想了想：「那我們也要送他回禮呀！餃子怎麼樣？」

岑風：「餃子需要先發麵做餃子皮，妳知道怎麼做嗎？」

許摘星：「上網看一下就知道了！」

岑風笑了下，接過她手上的湯勺攪了攪雞湯，「行，那妳去查吧，這裡我來弄。」

許摘星踮腳親親他下巴，把自己身上的圍裙取下來繫在他的腰上，開心地跑回臥室搜尋去了。

自己和麵做餃子皮的確有點麻煩，不過也不算難，何況本來就是來度假的，時間多又不忙，做做餃子什麼的，還挺好玩。

她把步驟和材料記下來，看看還缺什麼，趁著愛豆在廚房做飯，又出了一趟門，去附近的小超市買了需要的東西，回到家之後開始試著和麵。

擀麵她沒經驗，失敗了好多次，岑風把她失敗的麵團擰成小長條，澆上雞湯和麵粉，做成了麵疙瘩湯。

傍晚時分，飯菜上桌，許摘星的餃子皮終於初具形狀，明天應該就能成功了！

趁著愛豆端菜的空檔，她開開心心把下午買的細長瓷瓶拿過來放在餐桌上，準備插上下午超市魔術師送她的那朵玫瑰花，讓在這裡做的第一頓飯充滿情調！

結果找了半天沒找到花在哪。

她明明記得放在茶几上啊。

許摘星噠噠噠跑到廚房去問正在盛雞湯的愛豆：「哥哥，你有看到我那朵玫瑰花嗎？」

岑風沒回頭，嗓音淡淡「嗯」了一聲。

許摘星：「在哪呀？」

岑風：「鍋裡。」

誰家燉雞湯加玫瑰花啊！

許摘星後知後覺發現，愛豆可能是吃醋了。

這都要吃醋嗎？靠靠靠也太可愛了吧！

她的小心臟一時間跳得特別歡快，像隻小狗一樣蹭到愛豆身後，摟著他的腰撒嬌：「哥哥，你吃醋啦？」

岑風端著碗的手輕微抖了一下，語氣不自覺軟下來：「好了，去吃飯吧。」

許摘星抱著他不鬆手，在他後背蹭來蹭去：「是不是吃醋啦？是不是是不是是不是？」

岑風被蹭得起了火，碗一放，握住她的手轉身把女孩按在冰箱上，低頭咬她的唇，威脅似的說：「是，以後都不准收其他男人的花。」

她的心裡好像灌了蜜一樣甜，踮腳摟住他的脖子，乖乖回應他的吻：「好。」

他的呼吸急促了一下，鬆開她，低聲說：「先吃飯。」

這個「先」字用得很妙。

許摘星又臉紅了。

國外的超市終究不比國內，有些食材和調味料買不到，但雞湯還是燉得很鮮，許摘星第一次喝加了玫瑰花的雞湯，意外的不難喝，還有股淡淡的玫瑰香味。

吃完飯天還沒黑，收拾完廚房，兩人出門散步，順便熟悉一下周圍的環境。

小鎮居民挺熱情的，看到陌生面孔也不意外，應該是經常有人來這短住度假。隔壁老爺爺的女兒下班回來了，帶著幾歲大的女兒在花園裡玩。

聽老爺爺說過新搬來的鄰居，很友善地跟他們打招呼，還問他們：「你們是新婚夫婦來度蜜月的嗎？」

岑風笑著說是。

許摘星偷偷摳他的掌心。

對方誇岑風：「你長得真帥，是我見過的最帥的亞洲人。」

說到這個許摘星就興奮了，開始追星女孩的介紹：「他是我們國家的超級明星，唱歌很棒，跳舞也很厲害，前不久剛拿了金專獎！妳不知道金專獎對嗎？葛萊美知道吧？對，類似於葛萊美！他叫岑風，對！妳在 youtube 上面可以看到他的表演影片！」

最後在對方當場拿出手機登錄 youtube 看完影片並對岑風豎起大拇指表示驚嘆之後，才意猶未盡地結束了安利。

岑風一臉無奈拖著女孩回家了。

小鎮不比大都市，天一黑外面就沒什麼聲音了，有種返璞歸真的寧靜感。許摘星這一整天沒怎麼玩手機，此刻洗完澡躺上床先登錄社群把該打的榜打了，該投的票投了。

風箏一見她的首頁有新動態立刻撲上來。

『若若度假生活愉快嗎？』

『哥哥的私房照快點來一張！』

『度假就度假，打什麼榜！不差妳一個！把手機給我放下陪去哥哥！』

『開始造人了嗎？』

許摘星看著最後一則留言虎軀一震，想起剛才在廚房愛豆說的那句「先吃飯」，腦子頓時又亂開了。

浴室傳出嘩啦啦的水聲，是愛豆在洗澡。她在床上打了幾個滾，無聲尖叫兩聲，最後握著手機鑽進被窩，打開瀏覽器，戰戰兢兢輸入一行字：第一次需要注意什麼？

搜尋引擎非常友好地告訴她第一次的注意事項，並為她推薦了婦產科醫生和保險套購買網址。

許摘星：「……」

小朋友羞羞答答地看完，最後還謹慎地刪除了搜尋記錄，等岑風洗完澡過來的時候，她已經放好手機，非常心平氣和地躺好了。

讓暴風雨來得更猛烈些吧！

岑風被女孩一臉安詳的表情逗笑，躺上床後把她抱在懷裡，親親她的額頭，問：「昨晚沒講故事，今晚補上嗎？」

許摘星：小小的腦袋大大的疑惑。

我做了半天心理準備，是為了給你講故事的嗎？

話是這麼說，故事還是要講的。

許摘星趴在愛豆心口，講了一個吸血鬼的故事和魔教教主的故事。

講完了，岑風關了床頭燈，低頭親了她一下：「睡覺吧，寶貝晚安。」

許摘星：？

這就沒了？

難道今天也累嗎？

小朋友陷入深深的迷茫中。

之後幾天接連如此。

每晚她膽戰心驚地等待著，結果都無事發生。

殺人不過頭點地，愛豆這是在淩遲她啊！

許摘星受不了了。

岑風這兩天已經開始創作音樂，往常他在琴房的時候許摘星不會進去打擾，要麼自己出門去玩，要麼縮在沙發上玩手機打遊戲。

今晚一直到她洗完澡，琴房鋼琴叮咚的聲音還沒停下來。

她趴在床上滑一下社群，有點無聊地戳進群組裡想找小姐妹們聊聊天，一進群駔就看見她們在聊十八禁話題。

小七：『你們說若若回國的時候會不會就有了啊？』

阿花：『我靠不會吧，哥哥安全意識還是有的吧？』

阿花媽：『想當奶奶，非常想。』

箐箐：『哥哥跳舞那麼厲害，體力也好，床上一定也……』

追風：『靠靠靠靠靠不敢想，突然有點羨慕若若，對不起。』

許摘星：「……」

靠！有什麼好羨慕的！她也還沒試過！

這種全世界都以為他們做了，但她連愛豆的身體都還沒看過的感覺真的是太委屈惹！

許摘星腦袋一熱，蹭一下從床上爬起來，鞋都沒穿，光著腳跑到琴房推開了門。

琴音一頓，岑風聽到動靜回過頭，看到她氣勢洶洶的樣子愣了一下，轉而笑開：「怎麼了？」

許摘星噘著嘴走到他身邊，長腿一跨，直接面朝著他坐在他腿上，摟著他的脖子惡狠狠問：「你到底要不要？」

岑風瞳孔張了一下，以為自己聽錯了：「什麼？」

她的臉紅到了脖頸，剛才凶凶的樣子有點裝不下去，趴在他頸窩，聲音從鼻尖哼出來：「哥哥，你不想要我嗎？」

岑風的身子僵了。

她感受到他的異樣，頓時有點不敢動了，但跨坐在他身上的姿勢有點尷尬，一時之間下也不是動也不是，乾脆埋在他肩上不說話。

好半天，聽到他貼在她耳邊問了句：「妳說呢？」

許摘星哼哼唧唧：「那你……每晚……什麼都不做……」

他忍不住笑了一聲，手掌輕輕摸她的腰窩：「小傻子，我怕妳不願意。」

許摘星頓時抬頭：「我才沒有……」

話說到一半又頓住了。

岑風微微仰頭看她，手指緩緩下滑：「才沒有什麼？」

她的身子顫了一下，抿著唇羞得不敢再說話。岑風笑了下，手掌突然托住她，把她抱到鋼琴上。

琴鍵叮咚，聲響在屋內久久迴盪。

許摘星被他親得骨頭都軟了，斷斷續續開口：「不要在這裡……別在這裡……」

不然讓她以後怎麼直視三專！

岑風俯身抱起她，往臥室走去：「當然不在這裡。」

她在他懷裡掙扎：「睡裙……我的睡裙還在鋼琴上！」

岑風笑了一聲，低頭親她眼睛：「不管它。」

臥室裡有她慣用的薰香味，床頭燈無聲閃爍，真的到了這一刻，之前她偷偷做的功課全部忘得一乾二淨，只記得一件事：「關掉燈。」

他依言關燈。

黑暗伴著荷爾蒙的味道將她籠罩。

岑風的動作很溫柔，他親她得眼睛，親她的唇角，在黑暗裡輕聲問她：「怕嗎？」

他那麼溫柔，她一點也不怕。

她早已把整顆心交給了他。

如今，整個人也都交給他。

許摘星一直被折騰到後半夜，被愛豆抱去洗了個澡，回到床上連思考的能力都沒有直接睡過去了。

第二天醒來才後知後覺地回想，昨晚他從抽屜裡拿出來的東西到底是什麼時候買的？為什麼她一點印象也沒有？

許摘星氣鼓鼓要去找愛豆算帳，一下床直接腿軟朝著門口跪了下去。

剛端著一杯牛奶進屋的岑風：「……」

倒也不必下跪。

岑風放下牛奶，忍著笑把人重新抱回床上。許摘星腦袋朝下，生無可戀地趴著，半天才憋出一句：「都怪你！」

他說：「嗯，怪我，把牛奶喝了。」

她扭過腦袋朝上瞄了兩眼，小嘴噘著，氣呼呼說：「好累，沒力氣。」

岑風笑了一下，手指輕輕撫她的背脊：「所以要喝牛奶，補充體力。」

他頓了頓，微俯了下身，又低笑著說了句：「體力這麼差怎麼行，不然以後跟我一起去跑步？」

女孩的眼睛睜大了，瞪了他半天才從牙齒縫中痛心疾首地擠出一句：「哥哥，你怎麼變成這樣了！」

岑風歪了下頭：「哪樣？」

許摘星被愛豆純潔無辜的表情萌得心肝顫，嗷嗚一聲說不出話來，抱著杯子噸噸噸把牛奶喝完了。

昨晚確實折騰得厲害，她不僅腿軟還腰疼，喝完牛奶去洗漱一下，吃完愛豆準備的早飯又窩回床上，抱著 ipad 追劇。

岑風為了陪她把吉他和琴架搬了過來，坐在床邊寫歌。還提前切好了水果拌上沙拉，零食也幫她堆在床頭，絲毫不擔心小朋友啃洋芋片會掉一床渣渣。

許摘星戴著一隻耳機，一邊看劇還能分心聽愛豆在旁邊彈吉他，一時之間覺得人間天堂莫過於此了！

後來乾脆劇也不看了。

電視劇有什麼好看的！有低頭垂眸彈吉他的愛豆好看嗎？

這張臉，這樣的顏值，她就算盯著看一輩子也不會膩啊！

許摘星小朋友看得心神蕩漾，摸出枕頭底下的手機，對著抱著吉他的愛豆拍了張照，然後上傳社群。

——@你若化成風：『我要這命有何用（跪了）。』

風箏們已習慣在若若的小號上等糧吃，早就把她設定成特別關注，連追星APP都綁定了她的帳號，獲得了跟愛豆相同的待遇。

她一上線發文，大家第一時間知道了，點進去之後，紛紛被這張愛豆低頭垂眸的側顏秒殺到。

『這樣的顏值是真實存在人間的嗎？』

『哥哥別抱吉他，抱我！』

『這個鼻樑弧度這個睫毛陰影我的天，我的命沒了。』

『不愧是娛樂圈頂級神顏，上下五十年出不了這樣一張神仙面孔。』

『我看到了床邊邊，所以若若在床上？幾點了還在床上？哥哥還專門在旁邊陪著，你們昨晚幹什麼了？』

『盲生你發現了華點！』

『床頭櫃上是零食和水果沙拉嗎？若若過得這是什麼神仙日子我他媽太酸了。』

『本人眉頭一皺，發現事情並不簡單，若若確定不是在坐月子嗎？』

『是真的挺像……』

『什麼也別說了，男崽還是女崽？我要看《爸爸去哪了》，搞快點！』

許摘星怎麼也沒想到只是跟小姐妹們分享一張愛豆的絕世美顏照，自己坐月子的傳言就上了熱搜，還他媽爆了。

許母一個電話打過來，許摘星自己都傻了，「懷孕？」

『什麼懷孕，新聞說的是妳都生了！出國度假其實是為了生孩子！』

許摘星簡直服氣了：「我懷個球也沒那麼快吧！」

許母心有餘悸地說：『還不是妳那兩個姑姑打電話來問，嚇了我一跳，我就說妳的動作哪能這麼快呢。』

明眼人都知道這新聞是假的，出國那天在機場的照片她都沒懷，這還不到一個月哪可能就生了？

許家那兩個姑姑自從那兩年被許摘星敲打幾回，不敢再打他們家的主意，但對她的關注卻不少，也不知道出於什麼心態。

前兩年還想把她們老公那邊的姪子介紹給她，背地裡打了不少電話給許父，說女兒家終究不適合拋頭露面，還是要找個老實人嫁了最好，這次許父不含糊，直接駁了她們的建議。

許摘星知道後，打電話給星辰人事部，把兩姑姑剛進公司不久的姪子開除了。

許父早就把星辰的股份分了一半給女兒，許摘星坐擁兩間公司，只是星辰那邊基本上不管事，不過話語權還是說一不二的。

從那之後，許家親戚想往公司塞人，全都要看許摘星的眼色。

現在兩人一看新聞說許摘星生孩子了，應該是打著女人生了孩子就要回歸家庭的主意，想繼續討星辰的好處。

許摘星跟她媽說了幾句，最後交代：「妳以後別接她們電話了，都是不安好心。」

掛完電話，許摘星還有點氣不過。

家族的血脈淵源就是這樣，不管你有多厭惡對方，但因為這一絲血緣，他永遠會以各種方式出現在你的生活裡，並企圖干擾。

老一輩總是拋不開情面，再不喜也會維護面上的客氣。但只有她實實在在經歷過當年家裡破產父親癱瘓後上天無路入地無門的絕境，他們閉門不見避她家如洪水猛獸的模樣，她能記兩輩子。

正順著氣，岑風把吉他往旁邊一放，坐過來摸摸她的頭：「怎麼了？」

許家那堆爛事她完全不想讓愛豆知道。

但想到今後他們結了婚，免不了會跟那些親戚見面。想了想，挑了幾件往年他們做過的極品事情，當做笑話一樣講給愛豆聽。

其中就有當年大伯葬禮上，許朝陽亂丟煙頭引發火災和許家親戚聯手搶奪許延遺產的事。

岑風抱著她權當在聽故事，手指有一下沒一下滑過她的頭髮，聽到她說她幫許延嗆那些親戚的時候突然淡聲問了句：「那時候妳多大？」

許摘星想了一下：「十五、十六吧，上高一了。」

岑風低下頭，狀若無意問：「那是妳跟許延第一次見面？」

許摘星不知道為什麼莫名抖了一下，但又沒覺得哪裡有問題，遲疑著說：「對，我哥之前一直在國外。」

她從他懷裡抬直身子，「怎麼啦？」

岑風很自然地笑了笑：「上次無意間看到許總的採訪，說妳第一次跟他見面就提出合作的事情。」

許摘星牙齒一抖。

岑風看起來一點異樣也沒有，很溫柔地拍拍她的頭：「我的寶貝真聰明。」

在床上躺了一天，許摘星才感覺終於恢復過來了。

傍晚的時候隔壁老爺爺又送了巧克力派過來，並詢問岑風，下次什麼時候有機會想再嚐一嚐他們做的餃子。

上次許摘星研究餃子成功之後，送了蒸餃和煎餃給他們，完全收買了對方的味蕾。

岑風笑著答應了。

晚飯吃了家常麵和巧克力派，吃完飯岑風說到做到，拉著許摘星去跑步。

他每天都要保持足量的運動來維持體型，跑個十公里都不會喘。傍晚的海岸線非常漂亮，往常都是他跑步她散步，今天被拖著一起跑，許摘星連景色都欣賞不起來了。

最後坐在地上撒嬌：「現在把體力用光了晚上怎麼辦？」

岑風半蹲在她面前笑：「妳又不用動。」

許摘星：！！！

這個人現在還會開車了啊！

臉頓時比遠處的夕陽還紅了。

岑風也沒為難她，把她從地上拉起來，然後轉過身笑著說：「上來吧。」

許摘星哼哼唧唧：「揹著我怎麼跑啊？」

岑風：「這叫負重跑。」

她被愛豆逗笑了，伸出手撲上去：「那我來啦！」

抱過那麼多次，揹還是第一次。他的後背寬闊，手掌托住她的膝窩，動作很穩。起身後不是跑起來，而是揹著她沿著海岸不急不緩地散起步來。

許摘星趴在他的肩頭，每一次呼吸拂過他耳畔，忍不住讓他加快了回家的腳步。

第二天許摘星又睡到中午。

廚房傳出叮叮咚咚的聲音，岑風已經在做飯了。她打了個哈欠，從被窩裡伸出光溜溜的手臂摸了摸，摸到丟在一旁的睡裙，鑽進被窩穿好之後才爬起來洗漱。

照樣腿軟。

回來之後打開關成靜音的手機，才發現有七、八個未接來電，居然都是公司綜藝策劃部門的部長打來的。

難道公司出了什麼事？

許摘星頓時有些凝重，立刻回撥了電話過去。

那頭倒是接通得很快，喊道：『大小姐，妳忙完了？』

許摘星：「……嗯，怎麼了？出什麼事了？」

管理道：『沒有沒有，沒出事，打電話給妳是有件事想跟妳說一下……』

許摘星聽他遲疑的語氣覺得不妙，「直說。」

管理清清嗓子才道：『年初我們策劃了一檔新型的戀愛綜藝，當時給妳看過提案，前不久最終策劃許總已經批了，最近就要開始投入錄製。』

許摘星一頭霧水：「那你錄啊，找我做什麼？」

管理：『我們全組員工思來想去，覺得全娛樂圈沒有誰比大小姐更適合這檔綜藝了。』

許摘星：？？？

管理的聲音非常興奮：『大小姐妳隨隨便便一個假新聞都能上熱搜，妳和岑風又是全網呼聲和關注度最高的CP，岑風又是圈內頂流，這熱度，這流量，自家綜藝不蹭都說不過去對不對？』

許摘星：「對你個頭……」

管理語氣一轉，變為哀嘆：『大小姐不瞞妳說，最近綜藝市場特別蕭條，另外兩家的戀綜都撲街了，現在市場上只有一個《你在我心上》還有點人氣，但是它把該請的情侶都請過了，我們再去請，難免有點拾人牙慧。再說觀眾一直看同一對情侶，也不會買帳啊。妳也知道戀綜不如真人秀有市場，看點全在嘉賓身上，除了妳和岑風，我實在是找不出第二對撐得起我們綜藝的情侶了！』

他最後補了一句：『大小姐妳親自上公司還能省一筆藝人通告費，節約的是妳自己的錢啊！賺錢難吶。』

許摘星：「……」

竟然有點被說動。

唉，她的財迷屬性怎麼越來越重了。

第二十七章　情侶的一天

其實許摘星也知道，她和愛豆的確是全網熱度最高的情侶。從粉絲社群排名和活躍度高居第一就能看出來。

戀情剛官宣時就有戀綜找過來，她毫不猶豫拒絕了，導演不死心還去找了岑風好幾次，但岑風的行程騰不出來不說，他本身也不是那種喜歡高調秀恩愛的人，都禮貌回絕了。

辰星綜藝獨占市場的局面早就被打破，這兩年市場飽和度太高，各類型各風格綜藝五花八門層出不窮。這次策劃的戀愛綜藝內容並不算新穎，只不過辰星以前沒出過戀綜，也想做一檔自己的節目罷了。

別家綜藝管它死活，自家的綜藝，總不能不管吧……

管理從許摘星的沉默中聽出她的動搖，再接再厲道：『我們這次的錄製方式很方便，只需要拍攝情侶一週的生活日常，就夠十二期的剪輯了，不需要嘉賓匯合去固定的地方合體錄製。妳不是跟岑風在國外度假嗎，剛好，我們馬上申請國外拍攝許可，你們度你們的，我們拍我們的，互不干擾！』

許摘星：「……」

自家管理是從哪個傳銷窩點挖來的牆角嗎？

她頓了頓才說：「我跟他商量一下，你先等我訊息吧，把嘉賓擬邀名單傳過來我看看。」

管理高興地應了，掛完電話就收到他寄來的文件。許摘星點開看了看，名單裡除了自己和愛豆外，還有不老女神陶溪和她的圈外小狼狗男友。

這一對在圈內名氣也很大，網友都說陶溪活成了自己想要的模樣，恣意灑脫，不在乎世俗眼光，最後還在四十歲的時候找到了真愛。

另外還有早年當紅的小花唐錦繡和她青梅竹馬的大提琴演奏家男友，唐錦繡雖然現在熱度普通，但出道早，國民度非常高，當年大街小巷放的都是她演的電視劇，現在的年輕一輩誰都會說一句是看著她的戲長大的。

加上自己，這三對被圈紅標了重點，看來是重點邀請嘉賓。

後面還寫了幾對圈內的情侶，都是補位。

陶溪和唐錦繡這兩對情侶都是女方是圈內人，男方算素人，所以如果許摘星和岑風加入的話，剛好彌補了這個缺陷，三對組合配置是非常合適的。

看到這個擬邀名單，許摘星也能體會到策劃部的用心良苦了。

她倒是不排斥，但還是要以愛豆的意願為主，正思考著，岑風端了杯牛奶走進來，看到她已經坐起來了，笑道：「醒了怎麼不叫我。」

許摘星接過牛奶喝了兩口，遲疑道：「哥哥，有個戀愛綜藝邀請我們錄節目。」

說完，悄悄看他的神情。

岑風看了她兩眼：「辰星的？」

許摘星：！！！

她瞪大眼睛，「你怎麼知道？」

他笑：「其他的妳不會跟我說就會直接拒絕了。喝完。」

許摘星噘了下嘴，乖乖把牛奶喝光了，他接過杯子，語氣很自然：「妳想去就去，我都可以。去洗漱吧，準備吃午飯了。」

許摘星愣了一下：「你不是不喜歡上這種綜藝嗎？」

岑風笑了下：「這不一樣，這是妳的案子。」

她趕緊說：「沒關係呀！就算是我的案子你也不用勉強自己！」

「不勉強。」岑風摸摸她的頭，聲音溫柔，「妳幫過我那麼多，我偶爾能幫到妳，心裡很高興。好了，去洗漱吧，吃完飯下午我們跟尼克出海釣魚。」

尼克是隔壁老爺爺的小兒子，比他們大幾歲。

許摘星一臉高興地爬起來：「真的嗎？什麼時候約的？哪來的船啊？」

「妳睡懶覺的時候，過來親一下。」

女孩噘著嘴湊過去乖乖親了親他的臉。

洗漱完，許摘星先回覆了確認參加的訊息給策劃部管理，讓他儘快把錄製行程安排傳過來，順便告訴他，一切程序照舊，自己就算了，該給愛豆的通告費一分也不能少。

管理：「……」

嚶，還以為能節約一筆頂流的出場費呢 QAQ。

大小姐的胳膊怎麼就不知道朝著自己呢！

吃過飯，尼克騎著自行車在屋外喊他們，許摘星幫愛豆和自己擦好防曬霜，提著準備好的水果盤和零食飲料高高興興出門了。

十天後，辰星的拍攝團隊到達小鎮。

一下子來了這麼多人，還從巴士上搬下來那麼多攝影機，小鎮的人都跑來圍觀。他們只知道這對來自亞洲的小情侶是來度假的，但不知道他們的身分。尼克跟他姐姐熱情地跟大家介紹，這是超級大明星，他們接下來一週要錄一檔很紅很紅的綜藝節目。

辰星的執行能力很強，收到許摘星回覆的當天各環節就安排下去了，攝製組的住處在兩公里之外的地方，來回也方便。

導演是辰星的老夥伴胡武，《來我家做客吧》就是他執導的，他非常擅長拍攝室內慢綜，這次的戀愛綜藝《情侶的一天》為了跟市面上其他戀綜區分開，策劃團隊將其定位為生活慢綜，往下飯綜藝上發展。

許摘星和岑風先跟導演見了面，聊了一下午確定拍攝內容，雖然沒有臺本，但觀眾想看的橋段都要有。

現在已是八月盛夏，綜藝預計在十二初播出，剛好岑風的首部電影《荒原》也將在十二月十二號上映，可以趁機在節目裡宣傳。

除去許摘星和岑風之外，另外兩對也都談妥了，製作組分為三組，分別跟進，從第二天開始正式投入拍攝。

除了家裡多了幾臺攝影機和一群工作人員外，兩人的日常並沒有多大的改變。胡武拍慢綜奉行順其自然，越是真實的東西觀眾越喜歡看。

許摘星還是該花癡花癡，該睡懶覺睡懶覺，岑風的三專創作並不受影響，只是每晚會稍微節制一點，不至於讓女孩第二天軟著腿上鏡。

一週之後拍攝結束，許摘星和岑風又在小鎮待了半個月才回國。

此時的B市已經入秋了，兩人度了這麼久的假，各自的工作也堆了不少，回國都開始忙起來。

在一起同居生活了幾個月，現在突然分開，還真的有些不習慣。許摘星有時候還能忙裡偷閒，把案子丟給許延讓他去談，岑風那邊就是真的忙得腳不沾地，全國各地飛，各類行程通告都已經排到明年了。

見面機會不多，全靠視訊續命。

論壇提問：男朋友太忙沒時間陪妳是什麼感覺？

——上天摘星星給你呀：『謝邀，只能靠打榜麻痺自己。』

✦

國慶之後，《荒原》正式進入宣傳期。這是岑風的第一部電影，無論是外界還是粉絲都給予了非常大的關注。電影方自不必說，跟電影完全無關的辰星也自掏腰包聯動電影方開啟了地毯式的宣傳。

辰星宣傳一出手，全網資本繞道走。

許摘星對宣傳部只有一句話：哪怕他不看，也要讓他知道有這部電影的存在。

現在兩人戀情官宣，許摘星也不必像之前那樣還藏著捏著，把所有能用的資源全用上了。

網友們再一次被辰星強大的宣傳能力震驚到，紛紛感嘆這女朋友為男朋友砸起資源來真是喪心病狂。

一旦涉及到資源，自然就有眼紅的人，酸溜溜發言：『這兩個人其實是資本和流量的聯姻吧，互相成就。』

只不過很快就被廣大網友們掐死了：『都XX02年了，還有人懷疑辰星夫婦之間的愛情？』

辰星黨『我家CP的戀綜《情侶的一天》十二月就要播出了，大家敬請期待哦，歡迎來檢驗辰星愛情！』

宣傳進行得如火如荼，《荒原》的第一支預告片也正式上線。截至目前為止，大家都不知道這部電影演的是什麼樣的故事，只知道跟憂鬱症有關，預告片一上線，網友們蜂擁而至。

影片只有三十秒，掐去片頭片名和片尾主演，正片預告大概只有二十秒。

開場很安靜，只有海的聲音。

黑幕之後，一群少年出現在海灘上追逐打鬧。

畫面裡的岑風看上去只有十六、七歲，胸前掛著一臺相機，臉上是青春飛揚的笑容，身上有獨屬於他的清澈的少年氣息。他比平時大眾印象裡曬得黑了不少，像從小在海邊長大的活泥鰍，熱烈又頑皮。

幾秒畫面，也能感受到他眼底熾熱的光。

這不是他們熟悉的那個沉默冷淡的岑風。

但僅僅只有幾秒，畫面一閃而過，砰的一聲，滿臉慍色的中年男人把相機砸向牆壁，摔得四分五裂。

他大吼：「你給我滾！永遠滾出這個家！」

岑風垂首站在一旁，肩膀微微顫抖。

背景樂驟然激烈，閃回幾幅畫面，抱著相機往高高的瞭望臺上爬的岑風，波浪起伏的海面突然出現的穿著紅裙子的女孩，白光閃爍掌聲不斷的領獎臺，岑風站在臺上目光呆滯，而後將獎盃砸向地面。

再有畫面時，少年岑風已經消失不見，取而代之大眾熟悉的岑風。

那個沉默寡言，了無生氣的岑風。

他走在車水馬龍的街頭，周圍行人匆匆，都是歸人，只有他像這個世界的過客，彷彿下一刻就要像風一樣消失得無影無蹤了。

有人在後面喊了一聲：「江野！」

他回頭一笑。

那笑再沒有年少時的熱烈飛揚，只有像墜入漆黑海底時，深深的絕望與頹喪。

預告片就斷在這一笑中。

差點把粉絲的心笑碎了。

因為這樣的笑容，她們太熟悉了，曾經的愛豆就是這樣對著鏡頭笑的。有了對比之後，才知道他當年笑得有多難過和勉強。

短短三十秒的影片，點播量迅速破億，辰星把#《荒原》預告#的關鍵字砸上熱搜第一，霸榜足足一天。

雖然只有二十秒的畫面，但岑風在預告片裡的前後反差依舊讓觀眾感受到他精湛的演技。一開始表示對文藝片不感興趣的網友在看了預告片之後或多或少產生一些興趣。

是什麼事情能讓一個熾熱飛揚的少年變成後面那樣毫無生機的樣子？

《荒原》首支預告片的回應非常好，算是宣傳開門紅，文藝片的市場一向不好，這次圈內人都預估它的票房應該能破億。

岑風社群上線分享預告片之後就沒什麼動靜了，他最近還在忙三專的事，快兩年沒發專輯，今年是趕不上了，爭取跨完年能上線。

在《荒原》形式大好的時候，辰星的第一檔戀愛綜藝《情侶的一天》也不甘示弱地投入宣傳之中。

之前早就有小道消息爆料說許摘星和岑風參與了戀綜的錄製，但一直沒有官方消息，粉絲也就當做八卦來聽，直到《情侶的一天》官方帳號正式公開嘉賓海報，雖然三對嘉賓都只有剪影，但火眼金睛的粉絲們還是一眼認出自家愛豆。

於是宣傳任務又多了一項。

比起電影，情天的宣傳就更加方便了，等情天官方帳號正式公開綜藝首播日期，@了三對情侶之後，樂娛影視直接把接下來一個月的首頁都給了情天。

現在大家已經知道樂娛影視的老總就是許摘星的爸爸，這對父女在各自的領域發展成了大佬，羨煞一干人等。

情天打的宣傳旗號是下飯必備綜藝，讓忙碌一天的生活慢下來，讓枯燥苦澀的日子甜起來，加上有許摘星和岑風的加盟，預約人數直破百萬。

雖然知道辰星很甜，但都想親眼看看到底有多甜，網友對於兩人私下日常的相處方式也很好奇。

粉絲和愛豆戀愛之後，還會保持粉絲和愛豆的那種相處模式嗎？

B市隨著銀杏飄落而逐漸入冬，進入十二月的第一個週五晚上，七點整，《情侶的一天》第一期正式在樂娛影視上線。

首播量照樣是破了戀綜的記錄，觀看人數在一小時之內達到百萬。

為了避免觀眾跳過其他兩對只看辰星的部分，導致播放量不完整，後製剪輯非常賊的把三對情侶的日常穿插在一起，讓你跳也不敢跳，只能一起看。

不過好在辰星的後製一向強大，剪輯得很順，而且其他兩對雖然比不上辰星熱度高，但也有自己的看點，觀眾還是看得津津有味。

影片一開始，介紹幾句情天的主旨和內容，緊接著鏡頭切成三塊分鏡，出現在了三棟房門外，敲響了門。

房門打開，最先介紹的是唐錦繡和她青梅竹馬的大提琴男友，接著是陶溪和她的小狼狗男友，辰星的鏡頭放在第三個。

開門的是岑風。

《荒原》的預告片已經放到了第三支，一支比一支揪心，岑風飾演的憂鬱症患者讓大家看了都覺得喘不上氣來，那樣的空洞又呆滯的眼神實在太讓人絕望了。

但此時出現在畫面裡的岑風，眼神柔軟又溫暖，盛著晨起的陽光，像清澈的湖面。

他的穿著很家居，黑T恤配休閒褲，身上有股被陽光曬化一般隨意的帥氣，看見門外的攝影機他並不意外，很淡地笑了笑，算作招呼：「來了。」

留言直接被這顏值秒殺。

『靠靠靠靠這個人到底怎麼長的也太他媽好看了！』

『跟電影裡差別好大，可塑性也太強了。』

『他現在的狀態是真的好，電影裡的狀態其實就是他以前的狀態，許摘星改變了他。』

『我要是有錢，我也願意給這個絕世大帥哥砸資源 QAQ！』

『哥哥好帥！度假狀態一級棒！』

畫外音有人問：「大小姐呢？」

他低聲說：「還在睡。」

留言——

『有愛豆在身邊還睡什麼懶覺！許摘星妳不是人！』

『是我我就二十四小時掛愛豆身上，大好的時光都被浪費了，唉。』

『大小姐這個稱呼也太中二了吧哈哈哈哈哈哈哈！』

『我聽說辰星的員工都這麼叫，許摘星不准別人喊她許董，說聽起來像個小老頭紅紅火火恍恍惚惚。』

『這個房子好漂亮啊，我也想擁有。』

『北歐風格，不謝。』

岑風一路走進臥室。外面日光大盛，臥室的光線卻很暗，窗簾拉得嚴實，隱隱能看到床上鼓起的被子。

岑風沒開燈，走過去坐在床邊，摸了下枕邊只露出毛茸茸頭頂的腦袋，柔聲喊：「節目組過來了。」

睡夢正酣的女孩發出幾聲抗議的囈語，腦袋又往下拱了拱，明顯不打算起床。

觀眾本來以為岑風會想辦法把人弄起來，畢竟還拍著呢，結果他只是笑著搖了下頭，又溫聲說了句：「那再睡半個小時吧。」

說完就起身出去了。

留言——

『？？？？？』

『靠這麼寵的嗎？』

『喜歡賴床的人羨慕了』

『節目組敢叫大小姐起床嗎？不敢。』

岑風走出臥室順手把門掩上了，緊接著去了廚房。

乾淨敞亮的廚房裡已經點上火，鍋裡燒著水，碗裡打著兩個雞蛋，看來節目組來之前他在做早餐。

此時畫面一轉，切到另外兩對的視角，但留言對於這一對的討論還在繼續。

『所以，許摘星睡懶覺，岑風做早飯。居家好男人，讚。』

『啊啊啊啊啊啊許摘星我殺了妳，妳居然又讓神仙做飯！』

『再這麼下去，哥哥發展第二事業開餐廳指日可待。』

『太太太太太太太他媽寵了！我也想有一個讓我睡懶覺做早飯給我的男朋友！』

『首先，你要有一個……』

『一個辰星娛樂公司。』

『哈哈哈哈哈哈哈哈前面瞎說什麼大實話！』

『呵呵，好不容易抱上的大腿當然要跪舔，粉絲看著自己愛豆這麼舔其他女生有什麼想法啊？』

『我想你媽，垃圾又出來丟人現眼了』

『我靠這不是情侶之間的甜蜜日常嗎怎麼就舔了?單身多少年啊?』

『某家眼紅到滴血了唄，我們哥哥就是這麼厲害，能找到這麼優秀的女朋友，樂意寵著，不服讓你愛豆也去找一個唄。哦對不起，忘了你愛豆臉殘又菜，根本沒人看得上呢。』

一個黑子炸出一片潛水的風箏和CP粉，留言區瞬間變成戰場。

等大家吵完，畫面又切回辰星身上了。

許摘星終於起床了。

她已經換好衣服，穿著跟岑風同樣logo的黑T恤，牛仔短褲之下一雙腿筆直又長，踩著拖鞋頂著雞窩頭從鏡頭前飄過，跑去洗手間洗漱。

鏡頭跟過去，洗手間的洗漱檯上，牙膏已經擠好了，就放在接滿水的杯子上。

許摘星對著鏡子揉揉眼睛，開始刷牙。

大家被她的素顏震驚了。

『這素顏？後製幫妳家大小姐加濾鏡了吧？皮膚也太好了吧？』

『吹彈可破膚如凝脂說的就是這個意思嗎？』

『連漱口水和牙膏都要愛豆幫妳準備，若若妳懶死了！拿出妳做周邊的勤快來行不行！』

『許摘星好美，我快成她的顏粉了。』

『別說岑風，連我都心動了，是我我也往死裡寵。』

等她洗漱完，岑風已經把早餐端上桌，除了吐司、火腿和雞蛋之外，還有切好的水果和牛奶，許摘星回房間往臉上拍了點化妝水，踩著拖鞋噠噠噠跑到餐桌前坐下。

岑風站在原地等了一下子，挑眉問：「是不是少了什麼？」

許摘星已經端起牛奶喝了一口了，假裝聽不懂：「什麼少了什麼？」

岑風不說話。

她抿了下唇，有點不好意思，小聲說了句：「拍著呢。」

岑風還是不說話。

她埋了下頭，小臉有些懊惱，最後還是蹭一下站起身，兩三步跑到他面前，踮腳飛快親一下他的嘴角，說了句「早安」，又一臉害羞地跑了回去。

岑風這才笑了一下，坐到她對面。

留言——

『……』

『……』

『……』

『我為什麼想不開，要來看這個綜藝吃狗糧呢？』

桌上的早餐很豐富。

喝完牛奶，許摘星正打算切火腿吃，岑風突然說：「要不要玩個早餐遊戲？」

她頓時有點興奮：「好呀好呀！」

岑風把水果盤推到中間：「快問快答，不要遲疑。」

許摘星嚴肅地點頭，聽到他問：「蘋果還是草莓？」

「草莓！」

「火腿還是雞蛋？」

「雞蛋！」

「牛奶還是香蕉？」

「香蕉！」

「哥哥還是老公？」

「老公！」

岑風笑著把草莓和香蕉夾到她碗裡：「嗯，遊戲結束，吃飯吧。」

留言：『？？？？？？』

許摘星：？？？

被套路的許摘星小朋友早餐期間全程臉紅。

畫面已經被滿螢幕問號和哈哈哈鋪滿了，誰能想到，曾經話少高冷的岑風竟然為了聽一聲老公如此不擇手段呢！

連風箏都說：感覺重新認識了愛豆。

辰星夫婦吃早飯的時候，鏡頭又切到另外兩對情侶，整個綜藝就是這樣穿插播放，表現三對情侶在同一時間段同一事情上的不同相處方式。

比如陶溪現在生活在廣州，此刻她已經跟男友出門去一家非常著名的餐廳喝早茶了。

吃完早飯，唐錦繡跟著男朋友一起去排練廳，她男友最近在準備大提琴音樂會巡演，她沒什麼行程，幾乎都陪著。

要說悠閒，還是正在度假的辰星最悠閒。

鏡頭切回來的時候，兩人已經吃完了早飯，一起在廚房洗碗。許摘星洗第一遍，岑風清潔第二遍，兩人看起來特別默契，看樣子不是第一次做這種事了。

等許摘星洗完盤子，岑風把她的手拉到水龍頭下面，擠上泡泡之後握在掌心搓搓搓，幫她把手丫丫也洗乾淨了。

留言酸掉牙。

『許摘星妳是三歲小朋友嗎連洗手都不會？』

『戀愛使人智商退化。』

『許摘星兩歲不能再多了，我三歲大的姪女兒都會自己洗手！』

『看看岑風，又看看旁邊的男朋友，突然露出了嫌棄的神色。』

『溫柔的人談起戀愛來真是要人命啊。』

收拾完廚房，兩人準備出門散步順便買點食材回來。鏡頭隨著他們離開房間，漂亮的小鎮在觀眾眼前鋪開，都在問這是哪裡，下次度假也要去。

自行車碾過石板叮鈴叮鈴，許摘星跟附近的人混熟了，一路過來都在打招呼，看到他們身邊跟著攝影師，還興奮地問：「我也能上電視嗎？嗨大家好。」

兩人穿著情侶T恤，牽著手漫步在陽光下，其實也沒做多餘的事情，可觀眾就是感覺兩人之間粉色的泡泡快衝破螢幕了。

是真的戀人之間的那種甜，一個眼神，一個笑容，都能看出熱戀中的兩個人掩藏不住的愛意。

比起唐錦繡和青梅竹馬的細水長流，陶溪和小狼狗男友大膽奔放的示愛，許摘星和岑風這一對更接近普通情侶，因為日常所見，所以更覺得甜。

買完食材回到家收拾了一下，岑風照常去琴房，許摘星這個時間不會進去打擾，把中午要做的菜先準備準備，然後就抱著一大堆零食蹲在沙發上看電視。

最近當地電視臺在播一部情景喜劇，是國內聽都沒聽過的，但是劇情比起那幾部著名的情景劇也不差，從早上十點播到下午三點，完美滿足了許摘星的在愛豆寫歌這段時間內的無聊時間。

觀眾對她毫無壓力觀看全英無字幕電視劇表示羨慕。

留言說：

『許摘星抱著零食躺著追劇的狗樣子跟我一模一樣。』

『多麼希望若若能把電視聲音開小一點，這樣我就能提前聽到新歌了QAQ。』

『為什麼她吃那麼多洋芋片皮膚還能那麼好腰還能那麼細？』

彷彿提前感受到觀眾所想，只見抱著一包洋芋片往嘴裡倒的許摘星拿起遙控器，按住音量鍵。

然後蹭蹭蹭加到五十。

客廳一瞬間被電視劇裡的英文覆蓋了，包著一嘴洋芋片的少女轉頭朝鏡頭擠了下眼，「不能讓你們聽見新歌的旋律，保密。」

留言——

『我殺許摘星！』

『妳下次活動現場必被我活活掐死。』

『若若幹得漂亮，現在聽見了就沒有驚喜感了！』

快到中午的時候，許摘星關了電視，去廚房做午飯。岑風一進琴房就沒有時間觀念，要是不喊他，他能在裡面坐一天不吃飯。

等飯菜端上桌了，她才掐著鋼琴聲停下來的空檔噠噠噠跑到門口，先是探進去一個小腦袋看了看，才乖乖喊：「哥哥，吃飯啦。」

岑風把鋼琴蓋放下來，起身走到門口揉揉她的腦袋：「今天吃什麼？」

許摘星立刻插腰：「我超棒的！做了叉燒排骨飯哦！」

她仰著頭雙眼發光，明顯在說：快誇我快誇我！

岑風笑了下，俯身親她臉頰：「嗯，寶貝真棒。」

留言——

『啊啊啊啊啊啊啊啊寶貝！這聲寶貝蘇得我骨頭都軟了！』

『叫什麼寶貝！叫老婆啊！』

『許摘星妳也跟他玩午餐遊戲，把上午吃的虧討回來。』

『什麼吃虧！那叫情趣！單身狗沒權利發言！』

結果坐到飯桌前，許摘星果然神祕兮兮說：「哥哥，要不要玩個午餐遊戲？」

岑風挑了下眉：「好。」

許摘星清清嗓子，一本正經問：「請問，這個叉燒排骨為什麼這麼香？」

岑風忍著笑說：「因為是妳做的。」

留言：『這是什麼狗屁午餐遊戲許摘星妳行不行？不行我來！』

許摘星：「這個紫菜蛋花湯為什麼這麼鮮？」

岑風：「因為是妳做的。」

留言：『許摘星妳已經被淘汰了請閉嘴。』

許摘星：「那這個水果沙拉為什麼這麼甜？」

岑風：「因為妳甜。」

留言：『許摘星妳不適合玩遊戲，還是好好吃飯吧。』

許摘星突然超大聲：「那請問為什麼十二月十二號就要在各大電影院上映的《荒原》那麼好看？」這次不等岑風回答，雙手捧成小喇叭放在嘴邊，對著鏡頭超大聲喊：「因為是他演的！」

留言：『？？？？？？？？？』

我們他媽還真的老老實實參與你們的甜蜜遊戲結果妳反手一個電影宣傳？姐妹，妳這個植入過分了吧？

不過是真的有效。

#許摘星超大聲宣傳《荒原》#在節目還沒播完就上了熱搜，還沒來得及看綜藝的網友差點被她這個硬核宣傳笑死。

第一期情天播完後，三對情侶都上了熱搜，但霸榜最長熱度最高的依舊是辰星，許摘星在節目裡來了這麼一下，宣傳效果立竿見影，具體表現為《荒原》的電影發表會獲得了網友超高的關注。

距離電影試映也沒幾天了，發表會結束之後就是試映，邀請了各方影評人以及業內一些專業人士和部分媒體。

ＩＤ團也纏著隊長拿到了入場名額，在門口跟許摘星匯合的時候，被大小姐耳提面命：「不要以為看了試映到時候就可以不去電影院了，票房還是要貢獻的知道嗎！」

ＩＤ團：「知道了嫂子！」

許摘星：「……」

站在一旁的岑風一臉淡定地在背後朝他們豎了下大拇指。

第二十八章　荒原

入場之後，ＩＤ團跟辰星坐一排。施燃要求跟隊長坐在一起，被應栩澤義正辭嚴地拒絕了：「按照排名來坐！你排第九，坐最邊邊！」

施燃：「都他媽散團多少年了你還壓迫我！」

ＩＤ團九個人各有發展，岑風是神仙不做比較，其他八人如今混得都不差。應栩澤和蒼子明以及孟新重新回歸辰星騎士團出道，小應同學在ＩＤ團當了一年的老二，被岑風蓋住風頭，回到K-night後自然成了C位，逐漸大放異彩。K-night現在已是國內一流男團，雖說比起ＩＤ團當年還是差了點，但市面上也沒有能與其一戰的男團。

井向白、伏興言、邊奇三個人最後solo出道，綜藝、音樂、電視劇都有涉足，走的是標準的流量發展路線。

施燃也回歸他自己的團，雖然不是C位，但在團內人氣最高。

何斯年重新參加一檔純音樂類選秀，最後以第二名的成績出道，現在已經是各大電視劇主題曲的專業戶歌手了。

像這樣全團九個人還能聚集在一起的機會其實不多，上一次大家齊聚已經是一年以前。不過一年能聚一次也不錯，反正不管時隔多久，見面就是吵，永遠沒有安靜的時候。

電影快開場時周明昱才趕過來，懷裡還抱了一個超大桶爆米花。大家幫他留的位子在最裡面，一路進去的時候每個人都抓了一把爆米花，等他坐下來的時候桶裡的爆米花已經快見底了。

他氣憤地對旁邊的施燃說：「你們也不嫌黏手！想吃不知道自己買嗎！」

施燃：「欸，自己買的哪有別人的香。」

許摘星和岑風坐在中間，隨著燈光逐漸暗下來，許摘星兀自緊張。畢竟是愛豆的第一部電影，又期待又興奮又擔心，心裡百感交集。

正捏著小拳頭，岑風塞了一包衛生紙到她手裡。

許摘星轉頭疑惑地眨眨眼。

岑風說：「怕妳等一下會哭。」

許摘星：！

趕緊接過。

製作公司的標誌出現時，整個會場澈底安靜下來。許摘星正襟危坐，認真地看著大螢幕。電影一開場，就是岑風飾演的江野走在一片了無生機的荒原上。

空曠又幽靜的荒原，一個活物都看不見，沒有植物，沒有水源，還有戰火燒過的痕跡，他深一腳淺一腳地走著，蒼涼四顧，一望無盡。

好像這個世界只剩下他一個人。

孤寂感像貼著背脊攀升，突然在前方，出現一個穿著紅裙子的小女孩。從背影看大概只有十歲左右，她走得很慢，也沒有回頭，岑風腳步越來越快，神色也越來越急迫，朝她追了上去。

可是無論他怎麼跑，距離小女孩始終有一段距離。

耳邊突然傳來一聲厲喝：「江野！」

荒原消失殆盡，模樣憔悴的男人從沙發上掙扎醒來，手機大響，他的表情有些難受，愣了一陣子才漸漸恢復平靜，拿過手機看了一眼，接通。

那頭聲音焦急：『是江野嗎？你爸過世了。』

此時距離他被趕出那個家，已經有十二年。

電影採用插敘的方式，講述了少年江野的故事。

少年出生在海邊，母親懷育妹妹時早產，生下不會說話的妹妹後就難產過世了。沉默寡言的父親沒有再娶，將兩個孩子拉拔長大。

父親是名醫生，是這個海邊小鎮唯一的醫生。

小鎮地處偏僻，發展滯後，在那個年代，醫療資源緊缺，父親就是全鎮人的希望。這樣的情況下，自然也希望唯一的兒子能繼續學醫，將來接過這份希望。

可江野不願意。

他的性子隨了名字，又野又硬，從小頑劣。母親過世後，父親不善言辭，對待妹妹還有幾分溫柔，對他卻總是嚴厲，父子倆關係不好，一提到學醫就是爭吵。

江野喜歡拍照，他的夢想是當一名攝影師。自己存錢買了臺相機，每天抱著他的相機上山爬樹到處拍，甚至還拍到過鄰居大林跟鎮上寡婦偷情的照片。

妹妹從出生就不會說話，性子完全跟他相反，內向又羞赧，總是穿著一件紅裙子，跟在他身後跑。

江野不耐煩帶著她，女孩多麻煩啊，又嬌貴，跟著他下海爬樹，磕到碰到回去了父親又要打他。

他總是吼她：「回去！別跟著我！」

妹妹穿著紅裙子，呐呐地站在原地看著他跟同伴們跑遠。

轉折在十六歲那年。

十六歲的江野拿到參加攝影大賽的名額，他距離夢想又近了一步，每天早出晚歸，到處去拍自己準備參賽的作品。

那一天，妹妹偷偷跟上他。

其實她經常這樣偷偷跟著哥哥，哥哥性格馬虎，從來都沒有發現過她。但是這一次她跟丟了，跟到港邊時，哥哥已不見蹤影。

江野爬上了矗立在港邊的瞭望臺。

他打算拍一張海邊落日照。

畫面裡突然有一個紅裙子小女孩入了鏡。

她在海面掙扎，紅裙子起起伏伏，纖弱的手臂向上扭曲，像在求救。

江野反應過來，匆匆爬下瞭望臺衝了過去。但已經遲了，妹妹被救起來的時候，早已沒了呼吸。

父親好像一夜之間蒼老了十歲。

江野知道，母親死後，父親把所有的愛都給了妹妹，他甚至不敢告訴父親，他看見了妹妹溺水的那一幕。

直到相機洗出了那張照片。

連他自己都不知道，那一幕在那一瞬間被他拍了下來。

照片裡大海一望無際，遠處落日傾斜，紅裙子像在海面開出的一朵花，溺水的絕望和掙扎以一種病態的美感完美呈現。

江野送去參賽的照片被掉了包。

他本來的照片被換成了妹妹溺水的照片。

是隔壁大林做的，為了報復江野拍到他偷情，他只是想讓江野落榜，隨手在抽屜裡拿了一張照片換出本來的作品，卻陰錯陽差，讓江野因為這張照片獲得了第一名。

江野直到去領獎，直到站上領獎臺，才知道他是因為什麼獲獎的。

父親砸了他的相機，讓他滾出這個家。

他百口莫辯。

少年離家十二載，再也沒有回去過。

他從此以後沒有再碰過相機，他學了醫，輾轉加入了MSF，成為了一名無國界醫生。去過難民營，也走過戰火地，看盡了世上生離死別，在敘利亞手腕中槍再也拿不了手術刀後，終於回國，在繁華的城市開了一家小診所。

他想過回家，回到那個從小長大的海邊小鎮。

可父親說：「我到死也不想見到你。」

他這輩子都不聽父親的話，唯有這一次，聽了他的話。

辦完父親的葬禮後，江野覺得自己大概生病了。

他替自己開了藥，可怎麼吃也沒用。

想做的事情越來越少，思考的越來越少，感知的越來越少。他好像對所有的事情失去了興趣，每天明明什麼都沒做，卻依舊感到精疲力盡。

他關了診所，整日把自己關在昏暗的公寓。

一睡就是一天。

他甚至感覺不到饑餓，強迫自己吃東西時，會生理性反胃吐出來。

有時候他出門，樓下遛鳥的大爺會笑著跟他打招呼：「江醫生，診所最近怎麼一直關門啊？我還想找你量個血壓呢。」

江野笑笑，溫和地說：「我最近生病了，等我養一養身體就開門。」

他還是笑著，臉上的表情正常，可那雙眼睛已經死了。

他是一個醫生，卻醫不了自己。

電影的最後一幕，是江野推開十六層公寓的窗。

窗外落日西斜，天空被夕陽染得絢爛，像極了妹妹死的那一天。

一群鴿子撲棱著從窗前飛過。

他看著天空一笑，閉上了眼。

電影就此落幕，誰也不知道，他最後有沒有跳下去。

電影播完之後，全場安靜很長一段時間。

那種仿若窒息的壓抑，像被生活扼住了喉嚨，像被反綁住手腳扔進了漆黑無聲的大海，連呼救都喊不出來。

大家終於明白片頭那句話的含義。

我走過萬千世界，最後在心底留下一片荒原。

江野的內心世界，早已一片死寂。就像影片開頭他所在的那一片荒原，沒有生命，沒有水源，荒涼無聲，孤獨得像全世界只剩下他一個人。

所以最後哪怕他去過那麼多地方，救過那麼多被戰火波及的災民，交過許多朋友，最後定居繁華鬧市。

可他始終都是一個人，這世上一切熱鬧都與他無關，他像一個乾涸的泉眼，一點點流失了生機。

憂鬱症患者失去的從來都不是快樂，而是活力。

岑風在劇中幾乎沒有歇斯底里的鏡頭，他一直很平靜，誰也無法窺探他內心的哀嚎，他甚至沒有向外界求救，平靜地走向死亡。

直到會場裡的燈亮起來，沉重的掌聲才逐漸響起。

許摘星坐在位子上一動也不動。

眼淚早就流乾了。

只剩下木訥的心痛。

電影期間，岑風一直握著她的手。他的手掌又大又溫暖，把她的小手包裹在掌心，溫度從指尖一路傳到心臟，才沒有讓她徹底崩潰。

沒有人比她更熟悉岑風在電影裡溫和笑著的模樣。

她親眼見過他那樣的笑。

明明心裡早已千瘡百孔，卻還那樣溫柔地笑著，一點異樣也看不出來。

她好像再一次經歷了他的死亡，手腳冰涼。

燈亮了之後，岑風才看見她的臉色有些慘白，臉上的淚痕已經乾了，眼裡透著瀕臨崩潰的痛苦，唇角卻死死抿著，像努力克制著什麼。

後面的觀眾開始起身往前走，要見主演和導演，ＩＤ團一個個都有些呆，還沒從劇情裡反應過來。

岑風牽著許摘星的手突然站起身。

他低聲說：「我們走。」

許摘星愣愣的，被他牽著離開。

滕文喊了他一聲，岑風沒回頭，只是朝後揮了揮手，很快消失在出口。

影廳外很安靜，今天《荒原》劇組包了場，防止影片提前洩露，安保也做得很好，無關人員早就被清了場。

岑風走到轉角處停住了腳步。

許摘星像個提線木偶似的也停了下來。

他轉身，把她拉到懷裡，緊緊抱住她，聲音卻溫柔：「別怕，我在這裡。」

她沒說話，伸手抱住他的腰，埋在他的心口。

聽到他沉穩的心跳，眼淚無聲流出來。

岑風的死始終是她心裡的一根刺，不管過去多久，不管軌跡如何改變，她始終無法釋懷。

比起歇斯底里，平靜地死亡更讓人難以接受。

因為沒有預兆。

直到剛才看完電影，她才突然意識到一件事。距離上一世岑風自殺的日子，還有不到半年了。

就在明年的春末，櫻花凋謝的時候。

軌跡雖然改變，但時間一如既往地在往前，無可避免會走向最絕望的那一天。她可以改變一切，包括生死嗎？

萬一……

萬一呢……

萬一他無可避免，就是會在那一天死去呢？

想到這個可能，她幾乎快要呼吸不上來。

岑風感覺到懷裡的女孩在發抖，是那種恐懼的顫抖，連牙齒都在打顫。他輕輕鬆開她，雙手捧住她的臉，強迫她抬起頭。

「看著我。」他的手掌很暖，動作很溫柔，語氣卻不容置喙，「許摘星，看著我。」

她牙根緊咬，淚眼朦朧地抬頭看向他。

他握住她一隻手，按到自己心臟的位置，聲音低又緩慢：「我還活著，好好地活著。有妳在這個世界上一天，我永遠不會比妳先離開。」

許摘星的眼淚奔湧而出。

她從來沒在他面前哭得這麼聲嘶力竭過，就好像曾經那無數個深夜，要把天都哭塌了一樣。沒有人理解她當時的崩潰與無助，哪怕現在，也無法向任何人傾訴。

可是這一刻，感受著他的心跳，聽到他的承諾，那些隱瞞在心底的祕密和情緒，像被撕開一道裂縫，再也藏不住，伴隨著她的眼淚一起跑了出來。

「我好怕啊哥哥，我好怕啊。」

她說了好多遍「我好怕」。

那哭聲悲傷得撕心裂肺了，「我不知道該怎麼辦，我什麼都做不了，我除了難過什麼都做不了……」

他指尖發顫，低頭一遍遍親吻她臉上的淚。

眼淚沾上他的唇，是苦澀的。

「都過去了，那些會讓妳難過的事，再也不會發生了。」他低下頭，額頭溫柔地跟她相貼，一字一句：「妳不是什麼都做不了，妳做了很多，妳讓我的生命重新有了光。」

「妳跟我說要多笑一笑，每天要做一件讓自己開心的事。」

「妳總是買奶茶給我喝，很甜，像妳一樣。」

「妳送給我的水果糖，雖然吃不了，但是我很喜歡。」

「每年生日妳都會讓我吃蛋糕許願，我的願望一定被老天聽見了，現在全部都實現了。」

「妳幫我趕走了那些壞人，是這個世界上最厲害的小朋友。」

「而現在，妳給了我一個家，讓我對這個世界有了掛念，再也捨不得離開。」

他微微抬頭，彎起了嘴角：「妳看，妳做了這麼多，是不是超棒？」

她吸了吸鼻涕，突然笑出來，邊哭邊笑：「是，我超棒。」

他也笑了，重新把她按到懷裡：「嗯，我的寶貝最棒了。所以別怕，別難過，我會永遠陪著妳，嗯？」

她埋在他的心口點了點頭。

現在哭完了，情緒和思緒稍微清醒下來，心頭突然閃過一絲異樣，他剛才的話好像有哪裡不對？但還沒來得及深想，身後傳來陣陣腳步聲。

ＩＤ團跟了出來。

每個人都是一副悵然的表情，被剛才的電影虐得不輕，一過來看見抱著的兩個人，也沒起鬨，還一臉理解地安慰：「嫂子還在哭啊？唉，都是電影，假的！別難過了嫂子！」

然後又紛紛朝隊長拍馬屁：「隊長真的是神仙，這演技絕了！」

「不拿奧斯卡我第一個不服！」

「這電影肯定會爆紅的！簡直是藝術品，隊長你要發了！」

「就是有點致鬱，唉。」

大家行程多，看完首映沒有多留，道別之後紛紛離開了。岑風不放心許摘星一個人，拒絕了媒體採訪和滕文的邀約，開車送她回家後，又陪她在家裡吃了晚飯，打了遊戲，哄她上床睡覺之後才離開。

試映結束之後，網路上有關《荒原》的影評出來了。

當然都是不涉及劇透的專業影評，是圈內專業人士的觀影心得，算是提前為電影評分，也算給觀眾試水結果。

各大影評圈和平臺上清一色都是好評。

『這不僅是一部電影，甚至可以稱之為藝術品，導演對於文藝片畫面和光影的掌控已經達到了爐火純青的地步，當然，演員的表演功不可沒，岑風是一個天生適合大螢幕的演員，他的演技讓我看到了新生代演員的未來。』

『我走過萬千世界，最後在心底留下一片荒原。我只能說這句話完美詮釋了這個故事，這其實不是一個看完能讓人開心的故事，但我不後悔看了它。』

『《荒原》對於憂鬱症患者內心世界的剖析真實到幾乎殘忍的地步，如今社會對於憂鬱症患者多存在偏見，總以為他們無病呻吟，甚至懶癌晚期。希望這部電影能讓大家重新認識到憂鬱症，重新包容理解這個群體。』

『電影反向治癒，甚至可以說是致鬱，但我覺得所有人都應該進電影院去體驗一下這種感覺。因為你所感受到的壓抑和窒息，就是憂鬱症患者每天每時每分每刻的感覺，而你只不過感受到這感覺的十分之一。』

『滕文非常擅長拍攝小人物式的悲劇，江野只不過是這龐大群體的一個縮影。岑風演技爐火純青，甚至讓我有種他本人就是憂鬱症患者的錯覺。希望只是錯覺，希望他一切都好。』

這些影評被行銷號截了圖，上傳社群之後，在辰星宣傳的運作上，自然又上了熱搜。

如此立場一致的好評再次勾起了觀眾的好奇心，而人都是有叛逆心的，你越是說這部電影有多麼的致鬱，觀眾越是不信。

不就是一部電影，還能讓我在影院裡窒息不成？

試映之後，距離《荒原》正式上映只剩下三天了，有些院線已經開啟了提前售票，首場的上座率非常好，除去前排邊角之外，幾乎都滿座了。

而在《荒原》上映的前兩天，又是一個週五，晚上七點，《情侶的一天》第二期準時上線。情天第一期反向非常好，已經在戀綜市場站穩了腳跟，收視率依舊維持新高。

第一期結尾的時候，預告過第二期的內容，三對情侶之間爆發矛盾產生爭吵。

其中以許摘星跟岑風的鏡頭為重點，不到三十秒的預告片裡只看見她很大聲地吼了一句「哥哥你怎麼可以這樣！」

第一期那麼甜，第二期就吵架，辰星的剪輯就是這麼不按套路出牌，觀眾的好奇心也被勾了起來。

雖然知道情侶之間有矛盾也很正常，但大家還是很好奇到底是什麼事能讓許摘星這個腦殘粉生這麼大的氣。

第二期的標題也很有噱頭，直接寫著「許摘星岑風吵架，三對情侶解決矛盾」。

正片一開始留言就在說：『辰星要恩恩愛愛不要吵架快和好！』

吃過晚飯，三對情侶各有事幹。

陶溪和男友換上運動服去江邊跑步，唐錦繡和男友則去聽一場音樂會，而許摘星和岑風坐在家裡的地板上打遊戲。

前二十分還是甜甜蜜蜜的。

直到夜晚過去，情侶們迎來第二天的日常。

先是陶溪和小狼狗去看秀展，陶溪作為不老女神，成功男士的粉絲非常多，在後臺不少人找她合影，結果小狼狗吃醋了。

陶溪性子直爽，直接說了句「你怎麼幼稚，這樣都吃醋」，小狼狗因為這句「幼稚」生了氣。年齡差本來就是網友一直詬病他們的地方，陶溪這麼說，有打臉的嫌疑。

兩人之間的氣氛頓時緊張了起來。

接著是唐錦繡跟她男友，兩人照常去排練廳，唐錦繡不小心撞倒了廳內那架價值不菲的大提琴，被男友責備兩句，兩人也開始吵架。

畫面非常凝重。

留言討論得熱火朝天，都在議論誰對誰錯，因為每個觀眾的立場與價值觀不同，免不了又在留言區吵了起來。

裡面嘉賓吵，外面觀眾吵，反正綜藝的熱度就是這麼吵起來的。

直到鏡頭切到辰星身上。

CP黨頓時喊：『辰星不要吵架不可以吵架哥哥要讓著妹妹！』

所有觀眾屏氣凝神，哪怕知道這是節目組的套路，還是忍不住擔心。

許摘星又在客廳看電視，抱著一包洋芋片哈哈大笑。

時而有鋼琴聲傳出來，是岑風在寫歌。

過了一陣子，出現了一道畫外音：「你們吵過架嗎？」

許摘星回頭看了說話的人一眼，語氣很隨意：「沒有啊。」

畫外音：「不可能吧？哪有情侶不吵架的？」

許摘星：「我們就是不吵架，羨慕吧，嘻嘻。」

隔著螢幕都能感受到畫外音的無語。

留言：『畫風突然不對。』

過了幾秒，畫外音說：「妳去找岑風吵個架吧。」

許摘星回頭無語地瞪了他一眼：「你有病吧？」

畫外音：「觀眾喜歡看這個。」

留言：『我們不喜歡！我們喜歡吃糖！節目組你對我們觀眾有什麼誤會？』

許摘星沉默了一陣子，把洋芋片往茶几上一放，從沙發上跳下來，穿好自己的拖鞋：

「好吧！」

她一路走到琴房門口，敲了敲門。

鋼琴音停住，幾秒之後，岑風走過來打開門，柔聲問：「怎麼了？」

許摘星後退兩步，做出氣憤的表情，雙手叉腰，很凶地朝他吼道：「哥哥，你怎麼可以這樣！」

岑風：「……」

他頓了頓，臉上閃過一抹無奈笑意，很配合地問：「哪樣？」

許摘星超凶：「怎麼可以這麼帥！」

岑風：「……」

節目組：「……」

觀眾：？？？？？？？？

許摘星吵完了，還插著腰重重「哼」了一聲，氣呼呼說著「真是的怎麼能這麼帥老天造人實在是太不公平了」，一邊走回客廳，坐到沙發上繼續看電視劇。

節目組被她這一頓騷操作弄傻了。

再看岑風，一臉寵溺的笑，搖了下頭，又重新回到琴房繼續寫歌了。

剛才還因為前兩對情侶吵架的觀眾畫風突變。

『這就是傳說中的沒架找架吵？』

『許摘星是什麼絕世大可愛啊我的天啊，怎麼會有這麼可愛的妹妹！』

『我笑到方圓十里的瘸子跳起來捂我的嘴。』

『追星女孩是不可能跟愛豆吵架的！永遠不可能！愛豆就是天，什麼都是對的！要寵著！』

『太過分了這兩個人怎麼可以這麼可愛這麼配！』

『現在流行把狗騙進來殺嗎？』

『就兩人這互寵的模樣，吵架不可能的。』

『我最近看《荒原》的影評，都說岑風在裡面演的憂鬱症主角很逼真，現在看他這麼溫暖的樣子，覺得好好哦。』

『十二月十二號《荒原》上映大家記得看啊！』

『前面粉絲見縫插針宣傳電影的狗樣子真是跟許摘星如出一轍。』

『唉，不是一家人，不粉一家豆。』

前兩對情侶之間凝重緊張的氣氛因為有了辰星這一對的調和，令整期節目都沒那麼揪心了。許摘星坐回客廳後，畫外音又出現了。

問她：「你們為什麼能從來不吵架呢？可以跟觀眾分享一下祕訣嗎？」

許摘星還看著電視，頭都沒有回，很自然地說道：「愛都來不及，怎麼會吵呀。他開心比什麼都重要，凡是會讓他不開心的事，我都不會做。」

留言：『QAQ！』

畫外音一副羨慕的語氣：「有妳這樣的女朋友真好。」

許摘星不知道想到什麼，眼眸垂了垂，很輕地嘆了聲氣，低聲說：「是他太好了。他以前過得太苦，那些已經發生的傷害無法抹去，只能用現在和將來彌補。」

她抬頭看向鏡頭，非常溫柔地笑了一下：「所以當然要寵著他呀！要把這個世界上所有的美好和愛都給他！要把那些傷害和惡意全部全部都擋住！」

許摘星朝鏡頭擠了下眼，突然換上一副陰森森的表情，涼颼颼道：「所以別惹他，不然我不會放過你的。」

畫外音：「……妳這樣好可怕，像大反派。」

許摘星表情一收，很隨意地撩了下頭髮：「嘻嘻，沒有在開玩笑哦。」

留言——

『QAQ 好可怕，我被嚇到了。』

『許摘星這是什麼病嬌人設，我暴風式愛了。』

『我覺得她真的不是在開玩笑，你們看中天，被辰星打壓成什麼樣了。再想想鄭珈藍現在的境遇、想想岑風生父的下場……』

『我靠這他媽太有feel了！還以為是柔軟無害的小白花，居然是朵食人花嗎！』

『嗚嗚嗚嗚嗚就是這樣的，哥哥太苦了，我們要保護好他，若若賽高！』

『之前看《明星的新衣》就能看出來吧，許摘星維護岑風那個狠樣。』

『不知道你們知不知道圈內流傳的一句話，寧惹許董，別惹岑風……是真的沒有在開玩笑，許摘星在有關岑風的事情上是真的又狠又絕。』

『年紀輕輕就能跟許延創造辰星，做到今天這個地步，沒點手段是不可能的。她只是在岑風面前很人畜無害而已。』

『胡說！若若在我們面前也很可愛！』

『我現在去刪以前黑岑風的文還來得及嗎？』

『啊啊啊啊啊啊我愛大小姐！太他媽帥了！我被這種人設吃得死死的QAQ！』

『其實岑風也是啊……對外界冷冰冰的，但是在許摘星面前就超溫柔，這兩人真的是把唯一的柔軟都給了對方啊。』

『給老子結婚！現在！馬上！』

兩對情侶在解決矛盾的時候，辰星還是一如既往在秀恩愛。

岑風今天沒有在琴房待多久，出來的時候電視劇還沒播完，許摘星盤腿坐在沙發上洋芋片咬得咔嚓響，看見他出來頓時開心道：「哥哥你忙完啦？」

岑風走過去在她旁邊坐下，很自然地把她撈到懷裡，「嗯，看完電視出去走一走嗎？」

許摘星埋在他懷裡撒嬌：「不要，外面好熱。」

岑風笑著揉一下她的腦袋：「妳越來越宅了，要多曬曬太陽，對身體好。」

許摘星幽幽地嘆了聲氣，一本正經道：「唉，看來我吸血鬼的身分是瞞不住了。」她抬頭看著他，伸出舌頭舔了下唇角：「只能殺人滅口了。」

岑風忍著笑，很認真地配合她：「那妳想怎麼滅口？」

許摘星湊過去，在他大動脈處吧唧親了一口：「當然是把你也變成吸血鬼！」

留言——

『不要親那個位置！會有生命危險！』

『前面姐妹過於嚴格了，嗑糖不好嗎？』

『兩個人好幼稚，而我居然還一臉姨母笑。』

兩人笑笑鬧鬧地把電視劇看完了，許摘星像隻無尾熊一樣掛在愛豆身上，軟乎乎地問：「哥哥，我們打遊戲吧？」

岑風想了一下：「玩其他遊戲吧，會不會下五子棋？」

許摘星：「會呀會呀！我以前上學的時候經常跟同學一起玩，我下五子棋可厲害了呢！」

岑風笑起來，「好，那我們試一試。」

許摘星很快找了筆記本出來，用筆畫好格子，兩人坐在茶几跟前，一人拿著一支筆，許摘星說：「我畫叉叉，你畫勾勾！」

岑風點點頭，又問：「要我讓妳嗎？」

許摘星挺直胸板：「遊戲還沒開始你就瞧不起人嗎！」

他笑了聲，「行，妳先下。」

許摘星立刻賊賊地在最中間的格子裡畫上了自己的叉叉，岑風緊隨其後，在旁邊的格子畫上了勾。

兩人你來我往，下了不到一分鐘，輪到岑風的時候，他轉頭笑問：「要我讓妳嗎？」

許摘星：「不要！」

岑風：「好的。」

然後他落筆，斜著的五個勾勾連成了一條線。

許摘星：？？？

她瞪大眼睛，「什麼時候連的？我都沒發現！」

岑風不置可否地笑了一下，許摘星噘了下嘴，翻了新的一頁：「再來再來！上一局沒有發揮出我真實的實力！」

岑風還是讓她先來。

許摘星無比專注，仔細防範，都沒顧得上自己布局，全部用來攔愛豆的棋子了。

這次堅持得久了一點，足有兩分鐘，又聽到愛豆笑著問：「要我讓妳嗎？」

許摘星：「……不……不要！」

於是岑風又落一子，連成一排。

許摘星：「啊啊啊啊怎麼可能！我明明一直在攔啊！再來！」

第三局，她的眼珠子都快落在本子上了，愛豆走的每一步她都步步緊逼，絲毫不給他任何機會，岑風淡聲說：「只防守不進攻是贏不了的。」

許摘星：「……」

過了兩分鐘，聽到他問：「要我讓妳嗎？」

許摘星：「……」

她哭唧唧說：「要——」

岑風挑眉笑了下，轉頭看著他：「求我。」

女孩扯他衣袖：「求你了求你了。」

岑風：「主語。」

許摘星：「哥哥求你了，讓讓我吧。」

岑風：「主語錯了。」

女孩看著他，從他要笑不笑的眼睛裡看明白了他的意思，臉頰頓時染上一片緋紅。

留言都快瘋了。

『啊啊啊啊啊啊啊啊啊啊啊岑風怎麼這麼撩啊！』

『太甜了，快，醫生，我需要注射胰島素。』

『主語錯了！許摘星妳品！妳細品啊！到底該叫什麼妳想清楚啊！』

許摘星轉頭看著棋盤，在一片淩亂的叉叉中，勾勾的布局顯得十分有邏輯，她已經看出來愛豆只差一子就連線了。

唇角抿了半天，埋著頭像蚊子哼哼似的，哼出一句：「老公讓讓我吧……」

岑風眼裡溢出笑意，很溫柔地說：「好。」

他把勾勾畫到格子最邊上。

第二十九章　老公

留言差點瘋了。

『啊啊啊啊啊啊喊老公了！喊了！』

『妹妹走過最長的路，就是哥哥的套路。』

『哥哥為了聽一聲老公真是不擇手段啊。』

『每次玩遊戲許摘星都會上當，真是蠢得可愛，這邊建議先去進修一下遊戲熟練度。』

『應該進修套路熟練度。』

『我是戶政事務所我自己來了！快給我原地結婚！』

在岑風的「謙讓」之下，許摘星終於贏了一局，她把本子一闔，小嘴噘得老高：「不玩了！」

岑風笑：「那我們玩別的？」

許摘星捶抱枕：「不玩了不玩了都不玩了！玩不過你！」

岑風：「我讓妳。」

許摘星的臉又紅了，一頭埋進抱枕裡：「我不要！不玩了！」

岑風笑著摸摸她的頭：「那妳想做什麼？」

留言——

『這邊建議親親做個愛。』

『前面是什麼虎狼之詞！』

『那我文明一點，這邊建議親親上個床呢。』

『話說剛才許摘星躺在沙發上看電視的時候，有幾秒鐘領口滑下來，你們沒看見她鎖骨處的小草莓嗎？』

『我靠？我要倒回去看一看！』

『報告！看了回來了！真的有！我已經想出一萬字的黃色廢料了。』

於是全體觀眾倒回去看小草莓，因為只是滑了一下領口，鎖骨隱隱綽綽看不大真切，不然許摘星知道了怕是要羞憤而死。

快到傍晚的時候，隔壁鄰居過來邀請他們去家裡吃飯。

岑風現在經常跟尼克去海釣，許摘星跟尼克的姐姐薩雅，就是之前她向對方推薦youtube上面岑風跳舞影片的那個人互相傳授對方自己的拿手菜。

今天薩雅第一次做了糖醋排骨，很興奮地邀請辰星過去一起用晚餐，品嚐她的成果。徵求他們的同意之後，攝影師也跟了過去。

屋子裡頓時熱鬧起來。

大家在餐桌前落座，很熱情地朝著鏡頭跟觀眾打招呼，邊吃邊聊，氣氛非常愉悅。

等播完另外兩對情侶吵架又和解的內容後，再切到辰星這邊時，大家已經喝著紅酒聊起了天。

薩雅現在已經算岑風的半個粉絲了，把他在youtube上的影片看了一遍，還看了很多網友對他的評價，自然也對他和許摘星的戀情有了一定的瞭解，跟她爸爸和尼克介紹：「在他們國家，明星談戀愛是會被粉絲罵的，但是岑和星受到所有人的祝福，真是太不可思議了。」

尼克興致勃勃地問：「你們第一次見面是什麼時候？」

許摘星一愣，遲疑著看了愛豆一眼，正在思考這個問題應該怎麼回答，岑風已經笑著道：「九年前。」

尼克：「哇哦，能聊聊你們是怎麼認識的嗎？」

留言——

『我靠？九年前就認識了？等等，那時候他們才多大啊？』

『九年前岑風才剛成年吧？許摘星還沒成年，連辰星都還沒有呢！』

『好像發現什麼了不得的大事……』

『所以這其實是一段青梅竹馬的戀情？』

『不不不，應該是一見鍾情！我等你長大！』

岑風晃一下紅酒杯，神情很隨意，「當然。當時我在夜市賣唱，她那時候還在上學，從我旁邊經過，停下來聽我唱歌，還把她口袋裡的零用錢都掏出來給我了。」

尼克：「太浪漫了！」

留言——

『哥哥居然還賣過唱？那時候他還是中天的練習生吧？垃圾公司必死！』

『靠居然是這樣的初遇，莫名有點帶感！』

『所以許摘星是一眼就看中這個賣唱的小哥哥嗎？還掏零用錢，我都可以想像那個畫面了，我靠太可以了。』

『為什麼我沒有遇到在街邊賣唱的哥哥QAQ，說不定現在在他身邊的就是我了。』

『但凡有一粒花生米，前面這位姐妹都不至於醉成這樣。』

『真的好浪漫啊QAQ，這就是天生註定相遇的愛情啊！』

『快！繼續講！不要停！我還可以聽一天一夜！』

薩雅好奇地問：「然後你們就留了聯絡方式嗎？」

岑風搖搖頭：「沒有，我當時……」

他頓了一下，轉頭看了旁邊看著他的女孩一眼，很淡地笑了下：「因為經歷了一些不好的事，對身邊的人很排斥，不相信任何人，也討厭他們接近我。」

尼克嘆了聲氣：「上帝保佑你那些事都過去了。」

岑風笑了笑：「當然，都過去了。」

觀眾聽到他這麼說，又回想起他曾經的經歷，頓時一片感嘆加心疼。

留言裡有人說到：『所以當時妹妹應該追得很辛苦吧？』

『我靠這麼一想覺得好虐啊。』

『是用了多少熱情才把哥哥那顆冷冰冰的心捂熱的啊。』

『所以許摘星追了九年才把岑風追到手。』

『我不嫉妒若若了，在哥哥獨孤難過的那些年，只有她在啊 QAQ！』

『我記得哥哥第一次直播的時候，說曾經有個人每次見面都會跟他說要好好吃飯，好好睡覺，好好照顧自己，當時粉絲在猜測是不是初戀，原來是若若啊。』

『花九年時間去追一個人，以許摘星的身分，何苦做到如此，這愛得太深重了。』

『又甜又虐，突然好想哭。』

薩雅繼續問道：「那後來是怎麼又遇到的呢？」

這次不等岑風回答，許摘星先開口道：「我等放了寒假又去那個地方找他。」

岑風點點頭：「嗯，她請我喝奶茶，還請我吃蛋糕。當時我跟公司的管理人發生一些衝突，她衝上去跟對方吵架。」他瞇了下眼，像在回想，笑了笑：「氣呼呼的，很可愛。」

薩雅：「然後這一次留了聯絡方式嗎？」

岑風：「還是沒有。」

薩雅不可思議地看著許摘星：「那妳就不擔心他離開那裡，再也找不到他嗎？」

許摘星抿唇笑了下：「擔心過，但也沒辦法，那時候我也不敢過分接近他。」

留言——

『妹妹太難了。』

『我原以為這是一個男追女的甜蜜愛情故事……』

『見面全靠偶遇，這簡直比追星還難。』

薩雅好奇極了：「妳那時候就喜歡上他了嗎？」

許摘星歪頭笑了下：「是呀，第一眼見到他，就喜歡得不得了了。」

薩雅不可思議地攤手：「天啊，妳為什麼不告訴他？你們差一點就錯過了！」

留言——

『就是！但凡緣分少了那麼一點，你們就錯過了！我現在也嗑不到糖了！』

『第一眼見到他就喜歡得不得了，喜歡了這麼多年，一年比一年喜歡 QAQ ！』

『我哭得好大聲，岑風你給我好好疼愛妹妹！給我彌補回來！』

『若若值得哥哥全部的寵愛 TVT ！』

外國人熱情奔放，一旦喜歡就會示愛，從不藏著捏著，所以完全不理解這對小情侶當年的做法，尼克和薩雅吐槽了半天，最後說：「我覺得你們以前的故事一點也不甜蜜。」

岑風喝了口紅酒，「也有甜蜜的。」

薩雅來了興致：「比如呢？」

他唇角笑意淺淺的：「比如她為了讓我每天做一件開心的事，騙我說那是她的假期作業。為了幫她完成作業，我每天都要想辦法讓自己開心一些，然後記在本子上，時間長了，心情好像的確輕鬆很多。」

許摘星一臉震驚地看著他：「你怎麼知道我是騙你的？」

岑風：「這種事，想想就知道了。」

許摘星：「……那你還幫我寫了一本。」

岑風：「是我比賽輸了，欠妳的條件，答應了就要做到。」

許摘星：「可是比賽明明是你故意讓著我的！」

岑風：「是願意讓著妳。」

薩雅：「噢天啊，我現在覺得你們確實很甜蜜。」

留言——

『我也覺得QAQ！』

『所以哥哥輸妹妹一個要求，而妹妹的要求是要哥哥每天做一件開心的事。』

『刀裡藏糖，甜到憂傷。』

『我為這對神仙愛情瘋狂哭泣。』

在薩雅家的這頓飯，吃了足有兩個小時。節目組並沒有把這兩個小時都剪進正片，但僅僅十幾分鐘，已經足夠觀眾拚湊出曾經那個又甜又虐的愛情故事。

以前大家一直好奇，許摘星和岑風到底是怎麼認識的。普遍說法是，岑風參加少偶之後，身為許董的大小姐對他一見鍾情，於是開啟了狂熱粉絲應援之路。

最後追星變追人，愛豆變老公。

直到今晚，大家才終於知道，這段愛情，開始得遠比他們知道的早。

那是一個純粹真摯的小女孩，在第一眼喜歡上一個人後，拚盡全部熱情和愛意的追逐和保護。

那是一個被這世界傷害得遍體鱗傷封閉內心的少年，在被一束光照進黑暗生命時，重新接納外界的溫柔與良善。

#岑風許摘星九年愛情#在這一期節目播完之後爬上了熱搜第一。

所有網友都被九年這個時間震驚了，CP黨早已把節目裡這一段剪了下來，沒看綜藝的網友看完影片之後，內心不無感動。

有誰能做到九年如一日地去追一個人？

還是一個冷冰冰的，故意躲著自己的，不知道多久才能把他心臟捂熱的一個人。

連追星都有時效。

女孩最好的青春時光，卻都放在他一個人身上。這樣大的勇氣和愛意，不是隨便誰都能有的。

想想我們逝去的青春，有多少半途夭折的付出。

好在許摘星最後追到了，要是沒追到，我們都忍不了啊！

正當廣大網友為辰星愛情熱淚盈眶的時候，許摘星在粉絲社群發了文。

——@你若化成風：『熱搜第一免費的宣傳位，不宣傳《荒原》還等什麼呢？』

風箏：！！！

粉絲迅速占領熱搜話題，之前的熱門剪輯被壓了下去，變成了《荒原》的宣傳：『愛情香，電影更香，十二月十二號電影院《荒原》約起來！』

八卦網友：？？？？？？

許摘星妳還是人嗎？

妳就是個沒有感情的宣傳機器！

在許摘星無所不用其極的宣傳之下，《荒原》的預售票房直接破億。這對於文藝片而言，已經是非常厲害的成績了。

之前業內有人預測《荒原》票房會破億，結果現在光是預售就拿下這個成績，大家不得不重新審視這部片的價值。

還是小看岑風的人氣和流量了。

光是他的粉絲就撐得起過億票房，現在路人加進來，後期升值空間會更大。

十二月十二號，《荒原》正式上映，有辰星的從旁協助，各大院線的排片十分漂亮。風箏們當然是第一時間就去看公開放映了，去之前許摘星發了文提醒大家。

——@你若化成風：『帶夠衛生紙，不是在開玩笑。』

大家都知道若若看了試映的，她都這麼說了，必然不敢忽視，揣著三、四包衛生紙毅然決然踏進電影院。

最後差點沒被虐死在影廳裡。

許摘星當時是什麼感覺，風箏現在就是什麼感覺。只有這樣愛著岑風的粉絲，見證過他一步步走來，記得他曾經壓抑又勉強的笑，才會在此時感同身受。

除了粉絲，對岑風有好感和對這部電影好奇的路人也被虐得不輕。之前的影評說得沒錯，這是一個致鬱的故事。

但不看會後悔。

因為它不僅是一部電影，某種意義上來說，已經是一件藝術品。

看完《荒原》不發表一下觀影心得是不可能的，首映場之後，網路上開始大面積出現有關《荒原》的影評，電影榜排名躍至第一，各大電影APP評分也高達九點九顆星。

『如果你的生活過得不順，那就去看看《荒原》吧，看完之後你會發現，我他媽這算什麼啊，還有人比我更慘。』

『我是一個憂鬱症患者，看見岑風在影片裡的狀態時，我彷彿看到自己。謝謝演員真實用心的呈現，讓大家看到什麼是憂鬱症。』

『岑風真的沒有憂鬱症嗎？真的嗎真的嗎真的嗎？那演技也太炸裂了吧？而且好他媽帥啊我靠！』

『岑風這張臉被大銀幕放大之後更帥更高級了，我太可了，從今天起我就是他的顏粉加演技粉了！』

『導演編劇求你們善良一點吧，江野到底有沒有跳有沒有死你給個結果，我真的快哭死了。』

『嗚嗚嗚嗚我要去二刷，岑風演得太好了，配樂太好聽了。』

『二刷的姐妹也太有勇氣了，這電影這輩子我不想再看第二次。』

『光憑岑風這張臉，我可以看無數次！借用許摘星的那句話，老天造人實在是太不公平了，這他媽是女媧親手捏了七天七夜捏出來的絕世美貌吧？』

『滕文不愧是文藝片導演中的異類，對人性和病態美學的把握太熟練了。』

『我不行了，我虐得心肝脾肺腎都疼，我要去看看情天緩一下，最後說一句，岑風這演技，天生的王者。』

諸如此類的評論還有很多，首映的第一天，#《荒原》虐#就上了熱搜，點進話題一看，大家哭倒一大片。

一邊說著虐一邊說著好看，搞得還沒去看的網友們糾結不已。

現代社會人們壓力大，其實並不願意看致鬱的電影，看電影是為了找樂子又不是找不痛快。許摘星很快安排辰星公關把這個熱搜撤了下來，換上了#《荒原》真實的憂鬱症#。

憂鬱症在這兩年被越來越多的人關注，但有關於此的作品卻少之又少，大部分對此是存在偏見的，他們並不知道什麼是真正的憂鬱症。

是嚎啕大哭？歇斯底里？痛不欲生？

其實都不是。

是平靜而沉默，不快樂，也不痛苦，有的只是無盡的疲憊。

它會消耗掉你全部的時間和精力，明明什麼都沒有做，依舊覺得好累好累。

有個網友說得很正確，其實我們什麼都不想要，只想一個人安靜地待著，不想打擾任何人，也不希望被任何人打擾。

我們不是宅，只是疲於面對這世界。

有個心理醫生看完《荒原》之後在社群上說道：『演員的表演非常真實，他的表演細節完全符合憂鬱症患者的行為。比如他跟人交流的時候，是習慣性微微斂著頭，眼眸半垂看向地面，這是大多數憂鬱者的共通點。』

『他在跟外人交流時，總是用笑來掩飾心理生病的事實，但你可以明顯看出，他的笑是乾涸勉強的，包括嘴角的弧度都略顯僵硬。』

『他做事的時候習慣性走神，整個人顯得呆滯、緩慢，眼神沒有神光。我不知道是演員切身接觸過憂鬱症患者，研究過他們的日常表現，才能演得如此真實，還是演員本身就是其中的一員，從醫學價值上來說，這部電影讓大眾認識到了真正的憂鬱症，值得肯定。』

儘管電影劇情虐，江野最後到底有沒有跳下去也成了未解之謎，但隨著好評如潮，越來越多人走進電影院。

口碑良好伴隨著票房持續增長，上映三天之後，《荒原》票房破兩億。

憂鬱症一度成了人們的熱議話題。

有行銷號把岑風曾經在少偶的畫面剪了出來，跟網路上大家議論的憂鬱症的表現一對比，驚訝地發現，居然完全對得上。

只不過岑風更多是用冷漠來掩飾。

於是新一輪的討論話題就變成了：岑風到底有沒有憂鬱症呢？

看過情天的網友表示：以前有沒有不確定，但現在肯定沒有！有許摘星這個小太陽在，不可能憂鬱的！

路人：說不定是許摘星治好了岑風的憂鬱症。

CP黨：對對對！

小太陽許摘星最近正忙著包場，讓辰星全體員工放了半天假，請他們看電影。

——@是許摘星呀：『《荒原》，懂？』

網友：『懂，只要看了《荒原》，和妳就是朋友。』

電影情勢一片大好，岑風的專輯製作也到了尾聲，工作室發文公布了三專上線的時間，依舊是新一年的元旦。

這張專輯是岑風戀愛之後寫的，粉絲們預測歌曲風格會非常甜蜜。以前愛豆不怎麼寫情歌，現在應該有了！

我們的小錢包已經急不可耐了！

今年的跨年岑風去了熱門電視臺，並且接到春節節目的邀約。

去年許爸爸一臉興奮的樣子還歷歷在目，岑風覺得今年老人家應該會很開心。

他今年其實沒幾個演出，四個月拍電影，三個月休假做專輯，後面又趕通告宣傳，真正的舞臺很少，風箏們省了不少追活動的錢。

跨年自然是卯足了勁搶票。

許摘星本來也拿到票了，是電視臺專門送來的，但跨年的前一天她受寒感冒，發了場高燒後就蔫了，岑風不准她跑去現場，許摘星不得不把票在群組抽獎送了出去，縮在家裡看網路直播。

岑風這種等級的頂流，節目自然安排在接近零點的時刻。

許摘星抱著 ipad 躺在床上，持續低燒精神不濟，吃了藥之後有些撐不住，十一點左右就睡過去了。

鼻子塞得厲害，呼吸不順暢，她睡得也不安穩。

渾渾噩噩做了一個夢。

一個她非常熟悉的夢。

夢裡的少年坐在緊閉的房間裡翻一本書，腳邊的木炭無聲燃燒，吞噬最後的氧氣。她站在門外，拚命去捶那扇無形的門。

可她毫無辦法。

岑風抬頭看過來，朝她笑了一下，然後將書丟入火盆，火苗舔舐而上，將他包裹。

那個曾經在岑風死後，每日每夜纏繞她的噩夢。

已經很多年沒有出現在她的夢裡。

又出現了。

許摘星嚎哭著醒來，時間已經指向凌晨十二點半，岑風的節目早就結束，此刻已是新的一年。

他死去的那一年。

ipad裡還有藝人在唱歌，許摘星關上螢幕，屋內一下子安靜下來，窗外時而傳來爆竹的聲響，她伸手擦臉上的淚，聽見自己激烈的心跳。

為什麼又做這個夢？

為什麼是在今夜做這個夢？

剛剛跨入這一年，這個夢就再次出現了，是預示著什麼嗎？

她不敢深想。

手指顫抖著摸過手機打電話給岑風。

他那邊剛卸完妝，正準備從後臺離開，接通電話時，背景音還有些雜亂，『還沒睡嗎？』

女孩的聲音有點顫：「我做噩夢，被嚇醒了。」

岑風進了電梯，周圍一下子安靜下來，這樣聽，她粗重的呼吸更明顯，溫聲安慰：『別怕，只是夢而已，我現在過去陪妳好不好？』

她吸吸鼻涕：「好。」

頓了頓又委屈地說，「我睡著了，沒看到直播。」

岑風忍不住笑：『沒關係，等一下我唱給妳聽。』

他現在有她家的鑰匙，沒讓尤桃送，獨自驅車過去，進屋的時候房間裡靜悄悄的，微掩的臥室門縫裡透出一絲光。

他換了鞋走過去，推開門時，看見女孩靠在床上，臉頰因為低燒而顯出不正常的潮紅，頭髮亂糟糟的，眼眶有些紅。

看起來可憐極了。

聽見聲響，她抬頭看過來，啞著聲音喊了聲：「哥哥。」

岑風走過去抱住她，手背摸摸她的額頭，又起身去倒了杯水過來，餵她把藥吃了，「明早如果還沒退燒就去醫院打針。」

許摘星往他懷裡鑽，「我不打針。」

他關了床頭燈，摟著她睡下來，手掌輕輕撫摸她的後背，「那快睡吧，睡一覺病就好了。」

她的聲音委委屈屈的：「我不敢睡，會做噩夢。」

岑風問：「什麼夢？」

她抿著唇不說話。

過了好一陣子，他低聲說：「別怕，不管是什麼夢，都是假的。我給妳唱歌好不好？妳乖乖睡覺。」

許摘星埋在他懷裡點頭。

他笑了笑，低頭親親她的眼睛，唱起溫柔的歌。

那歌聲好像長了翅膀，飛進了她的夢裡，驅趕了她內心最深的恐懼。

第三十章　這一天

元旦早上十點，岑風的三專正式上線，這張專輯命名為《摘星》。

連許摘星都不知道這件事。

等她睡醒已經是中午十二點了，低燒之後嗓子又乾又澀，迷迷糊糊爬起來找水喝，剛打開臥室門就被聽到響動走過來的岑風抱住。

他手指溫溫的，摸摸她的額頭，感覺到燒退了，俯身把她抱起來，又抱回床上。

許摘星小聲說：「我要喝水。」

他替她蓋好被子：「我去倒。」

許摘星半靠著床緩了緩，才想起今天專輯要上線了，趕緊摸出手機打開社群。等岑風端著熱水走過來時，看到女孩震驚的神情。

她抬起頭看著他，眼睛眨了眨，愣愣的：「三專……三專為什麼是這個名字？」

岑風坐過去餵她喝水。

女孩捧著水杯噸噸噸喝完了，又問：「為什麼叫摘星啊？」

岑風用手指揩了下她唇角的水漬：「沒有為什麼，還有哪裡難受嗎？」

她搖搖頭。

岑風親親她額頭：「那起來吃午飯吧。」

許摘星拽住他的小指，生病後小臉透著蒼白，看著他：「三專為什麼叫摘星呀？」

岑風搖頭笑了一下，又坐回去：「因為是送給妳的，喜歡嗎？」

她眨眨眼睛，有些不好意思，抿了抿唇才軟乎乎說：「喜歡，但是會不會不太好啊？」

岑風挑眉：「哪裡不好？」

她小聲說：「太高調了……」

他忍不住笑起來：「不會的，我剛才看了看網路上的留言，大家也很喜歡。」

豈止是喜歡，簡直被這顆糖甜到無法呼吸。

#岑風新專輯叫摘星#在專輯上線十分鐘之內勇登熱搜第一，新年的第一天廣大網友被這份狗糧糊了一臉。

風箏們雖然知道這首專輯可能會跟愛情有關，可能會風格甜蜜，但怎麼也沒想到，愛豆直接以女朋友的名字來命名。

可竟然很契合。

摘星，手可摘星辰。

多美的寓意啊。

有網友說，這也虧得是許摘星的名字取得好，要是叫張三李四王五孫二麻子，看岑風怎麼辦。

三專上線之後依舊保持之前的高銷量，絲毫不遜色於二專，畢竟這一年來岑風又圈了不少粉。現在電影和專輯同時運行，宣傳也聯動起來，新年氣象非常紅火。

隨著熱度持續攀升，隨之而來的就是各種邀約。代言邀約、綜藝邀約、商演邀約、電影電視劇邀約，吳志雲都快樂開花了，恨不得直接把行程排到明年去。

結果岑風只讓他接上半年的行程，下半年要空出來。

吳志雲真的是要求爺爺告奶奶了：「我的祖宗，你又要幹什麼啊？你別跟我說你要去度半年的蜜月！」

岑風笑著搖搖頭：「不是，我下半年我要準備演唱會。」

從出道開始，粉絲一直在期待他的個人演唱會。但是他這幾年不急不躁，在話劇上投入了太多時間。現在時機成熟，發了三張專輯，拿了金專獎，也該是回報粉絲心願的時候了。

吳志雲這下子倒是不反對，興奮道：「演唱會好啊！上半年拍電影下半年演唱會，影視音樂兩不誤，完美！我就這去安排！」

說著，又把帶來的幾個電影劇本遞給他，一臉期待道：「下半年演唱會還早呢，選一個吧？」

岑風默了一下，淡聲說：「今年不接電影了。」

吳志雲：？？？

急得差點跳起來，「那怎麼行！現在形勢正大好，多少導演都看好你，這不衝突啊！大不了綜藝商演那些少一些，只進組三、四個月，時間完全不衝突啊！」

岑風搖搖頭，「摘星最近狀態不好，我不能離開久了，要陪著她。」

一涉及到大小姐，吳志雲果然冷靜了，立刻緊張道：「大小姐怎麼了？有了嗎？」

岑風：「……不是。反正最近少安排一些行程，我想多陪陪她。」

吳志雲嘆了聲氣，不好再說什麼，點頭應了。

岑風又問：「房子的事怎麼樣了？」

吳志雲道：「都談好了，你什麼時候有時間，我帶你去簽合約。」

他站起身：「那現在去吧。」

吳志雲：「……看你這急不可耐的樣子，不知道的人還以為你著急買房娶老婆呢。」

岑風微微一笑：「你怎麼知道不是呢？」

吳志雲：？

他說許摘星狀態不好不是假話。

許摘星從跨年之後，就開始頻繁做噩夢。依舊是那個夢，每日每夜提醒她距離那一天越來越近。

她整個人肉眼可見地憔悴下來。

但是又不能告訴任何人，甚至要瞞著愛豆。

有時候岑風會過來陪她睡覺，他在身邊時還好一點，只要她一個人睡，每晚總是會哭醒。前幾次她會哭著打電話給他，岑風不管多忙多晚，只要接到她的電話，都會立即趕過來。後來許摘星不打電話了，不想打擾他。

岑風什麼也沒問。

他只是一如既往地跟她說晚安，晚上能過來就過來抱著她一起睡，不能過來就一直連著語音唱歌給她聽，哄到她睡著為止。

許摘星狀態不好，工作自然也處理不好，好在還有許延在，她可以安心在家休息。

臨近過年，B市越來越冷，岑風今年要上春晚，初一才能去許家拜年，許摘星在這待著也是待著，還讓愛豆擔心，收拾收拾行李準備回家過年了。

岑風趕完今天的通告過來時，她已經把行李箱收拾好了，乖乖跟他說：「我在S市等你呀。」

她的眼底有淺淺的黑眼圈。

岑風伸出手指輕輕摸了摸她的眼睛，按下心裡翻湧的情緒，柔聲說：「妳暫時還不能回家。」

許摘星疑惑地眨眨眼睛。

他笑起來：「我們要先搬家。」

她一愣，遲疑著問：「搬去哪？」

他親親她的臉頰，嗓音溫柔：「搬去我們的家。」

房子是吳志雲親自找的，按照岑風的要求跑遍了整個B市，最後找到一棟完全滿足條件的小獨棟別墅。價錢是貴了一點，去年的新建案，位於富人區，岑風去看過一次，沒有猶豫點了頭。

這段時間以來他已經陸陸續續把新家填滿了，風格都是按照許摘星的喜好布置。前兩天他把自己的東西搬了進去，連冰箱都裝滿了她喜歡的水果蔬菜。

許摘星愣愣看了他好一陣子，才反應過來他說的是什麼意思。

她的心臟撲通撲通的，一直纏繞的不安情緒被「家」這個字安撫了不少，看看四周，小聲說：「現在啊？」

岑風點點頭，「現在打包，晚點搬家公司會過來。」

她雖然在這裡住了很多年，但傢俱都不是自己的，除了一些必要的生活用品和衣服首飾，其他的都不用帶走。

尤桃很快送了不少打包的紙箱子過來。

兩人先從臥室收拾。

許摘星看著幫自己折衣服的愛豆，突然有點說不清的小興奮，乖乖問：「哥哥，我們的新房子漂亮嗎？」

「漂亮，樓頂有花園，後院有游泳池，還有一個很大的衣帽間。」他看了看她那一大堆衣服，笑著說：「這些應該都掛不滿。」

她的眼眸撲閃撲閃的，「那我的……我們的臥室是什麼顏色的？」

岑風偏頭想了一下：「有點像我們去度假的時候那個風格。」

許摘星超興奮：「我喜歡那個風格！那有遙控的遮光窗簾嗎？我早上需要陽光自動叫醒服務！」

岑風笑：「有，妳喜歡的都有。」

她忍不住朝他撲過去，岑風半蹲在地上，晃了一下才接住她，聽到女孩埋在他頸窩撒嬌：「哥哥，我好開心呀。」

他親親她泛紅的臉頰：「我也是。」

很開心，擁有了和妳的家。

本來以為東西沒多少，但終歸是住了這麼多年，雜七雜八的物品數不勝數，最後足足堆了十幾個大箱子在客廳。

許摘星看著高大的巧巧陷入無助，委屈兮兮地問：「哥哥，巧巧怎麼辦啊？怎麼把他搬上車啊？」

岑風笑了下：「它可以自己上去。」

許摘星：「它這麼厲害嗎！」

岑風：「嗯，它會跑會跳會彎腰還會翻跟斗。」

許摘星突然覺得自己這幾年有點浪費巧巧的才能。

晚上九點多，搬家公司的人來了。把收拾好的大箱子搬上車後，對方看著高大的機器人陷入跟許摘星一樣的無助：「老闆，這個機器人也要搬嗎？有點不好搞啊。」

許摘星一臉驕傲搶答：「不用！我們家巧巧可以自己走！」

她拿著遙控器按了按，巧巧往門外走去，出門時感應到門框，還主動彎腰。

看得搬家工人一愣一愣的，最後齊齊在電梯裡為靈活的機器人鼓掌。

新房的位置並不偏，相反它的地理位置很優越，走得是鬧中取靜的風格，所以價格才會更高。

社區的入住率現在還不算高，車子開進去的時候，四周靜悄悄的。但門口的保護設施很到位，綠化設施也很完善，一路開進來許摘星扒著車門看，最後興奮地轉頭跟開車的愛豆說：「以後這裡就是我們的家啦！」

那種憧憬又幸福的語氣，讓岑風心裡軟得一塌糊塗。

搬家公司的車停在空曠處，工人要一趟趟把箱子搬過來，岑風先帶她去開門。

密碼是她的生日。

許摘星輸完密碼進了屋才後知後覺哪裡不對勁，都來不及開燈，一下子轉過頭問：「哥哥你……你什麼時候知道的？」

為了掩飾當年那個謊話，她現在每年都要過兩個生日。一個是跟愛豆同一天的二月份，裝了這麼多年，新交的朋友現在都以為那天是她的生日。

另一個就是她本來七月初的生日，只有父母親戚和以前的朋友知道。

不然她實在沒辦法跟愛豆解釋，為什麼當年她要用那麼笨拙的謊話騙他吃蛋糕許願。

可是現在房門密碼分明就是她真正的生日。

許摘星的心臟狠狠跳了兩下。

岑風走進來按開了燈，漂亮的房間在她眼前鋪開，果然是她喜歡的風格。

他的神情很淡然，並沒有覺得這件事情有什麼值得驚訝的，從鞋櫃裡拿了雙可愛的毛茸茸拖鞋出來放在她腳邊，淺聲說：「去年去國外度假的時候，看到妳的身分證了。」

許摘星：！！！

女孩一時間有點慌張。

情急之下，撒了一個一聽就是謊話的謊話：「我……我小的時候改過年齡的！」

岑風很溫柔地笑了一下：「嗯，換好鞋去看一看我們的新家，我去接工人。」

他低頭親了下她的唇，留下大腦當機的許摘星出去了。

許摘星著實站在原地愣了好一陣子。

沒想到這件事就這麼過去了。

好像哪裡不對。

可到底哪裡不對呢？這段時間以來她的狀態異常分明，連許延和趙津津都來問了好幾次。但跟她接觸最多的愛豆卻一次也沒問過她怎麼了。

她不敢睡覺，他就抱著她一遍遍唱著歌。

她被噩夢嚇哭，他就幫她擦眼淚，親親她的額頭告訴她別怕。

他為什麼不問她發生了什麼呢？

難道是因為他知道？

可是怎麼會……怎麼可能知道啊！

許摘星又回想起《荒原》首映那一天，他對她說的那些話。那時候她只覺得有一絲異樣掠過，卻沒有深想。

現在接連這麼多異常。

心裡有個答案呼之欲出。

許摘星渾身顫了一下，強迫自己中斷猜想。

不可能！

她握著拳頭捶捶腦袋，一邊說著「不可能不可能」，一邊踩著拖鞋噠噠噠跑進屋欣賞新家了。

家裡都布置好了。

連洗手間的洗漱用品全部擺好了情侶款。

廚房裡廚具一應俱全，她慣用的調味品都有，冰箱裡塞得滿滿的，全是她愛吃的東西。櫥櫃裡還專門留了一個空間放零食，她順手摸了一包洋芋片出來，撕開邊吃邊往二樓走去。

他們的臥室就在二樓。

推開門，空氣裡傳來她熟悉的薰香味，大床上鋪著深色的被套，一切布置精緻又舒適，連浴室的沐浴乳和洗髮精都是她常用的牌子。

那間大大的衣帽間跟臥室相連，足有十幾坪，一邊空著，另一邊已經掛上了他的衣服，許摘星拉開抽屜，摸摸他的手錶和領帶，心尖甜得像染了蜜。

三樓有琴房和私人小影廳，旁邊的置物室裡居然還有一臺做奶油爆米花的機器，她在家看電影也能隨時吃到爆米花了。

樓頂的花園種著臘梅，這個季節開得正盛，比她養在家的那株臘梅還要香。

這個第一次來的房子一點都不陌生，到處都是她熟悉的細節。

是他這段時間以來，一點一點，親手布置的，屬於他們的家。

樓下傳來聲響，是岑風領著搬家工人回來了，許摘星飛快跑下樓，跑到二樓的時候岑風聽到急匆匆的腳步聲，抬頭笑道：「慢慢走，不要摔倒了。」

小朋友聽話的放慢腳步。

下完樓才張開雙臂撲到他懷裡蹭了半天，摟著他的脖子軟乎乎說：「我太喜歡這裡啦。」

岑風笑著摸摸她的頭：「還差什麼，明天我們再去買。」

搬家工人把所有箱子搬進客廳就離開了，兩個人開始收拾。

整理新家是最累的，可許摘星好像感覺不到疲憊一樣，等把箱子全部清空，物品歸整到位，房間裡到處都是她的痕跡。

她看哪裡都覺得好喜歡好喜歡。

忍不住對著客廳和閣樓拍了張照，發文。

——@你若化成風：『搬新家啦！』

風箏們聞訊而至。

『好漂亮！是婚房嗎？』

『樓梯牆壁上的掛畫是方大師的名作嗎？』

『若若妳和哥哥住在一起了？這是要結婚的前奏？』

『等下，第一張左下角那個入鏡的機器人怎麼有點眼熟？』

『我靠？那好像是當年慈善晚宴哥哥捐贈的格鬥機器人？我記得當時是被人以兩百萬的價格拍走了？』

『當年的神祕買家就是許摘星？這是什麼陳年老糖？我要被甜暈了。』

『哈哈哈哈哈哈哈哈哈我想起葉明達當年被氣到到處找人問是誰搶走了他的心頭好，大概做夢也沒想到是許摘星幹的。』

『葉明達到現在還沒放棄尋找機器人買主呢，說就算得不到，也想親眼看一看摸一摸，大概很快就要找上門了。』

『若若趕快把機器人馬賽克掉！我們幫妳瞞著！』

『不愧是許董，出手就是兩百萬。哥哥做的機器人被拍賣之後又出現在自己家，我笑到吐奶。』

許摘星炫完新房，又東摸摸西看看了半小時，直到岑風在樓上喊她洗澡，才乖乖關了燈爬上樓。

房裡開了暖氣，一點也不冷，岑風已經洗好澡，在浴缸放好水，許摘星拿著睡裙跑進去，有點害羞地把簾子拉上。

岑風去熱了一杯牛奶上來，聽見裡面嘩啦的水聲，走到門口問：「水溫合適嗎？」

她軟綿綿聲音伴著熱氣傳來：「合適。」

岑風說：「不要泡久了，已經十二點了。」

裡面乖乖應了一聲，沒多久水聲停下，傳出吹風機的聲音，岑風躺在床上看手機，女孩吹乾頭髮，裹著一身清香撲上床。

躺在床上打了個幾個滾，開心地撲進他懷裡：「哥哥，床墊好舒服啊！床單好軟！」

他笑了一聲，伸手抱住她，低聲問：「累不累？」

許摘星傻乎乎的：「不累！好興奮呀。」

他轉身關了床頭燈，拉開抽屜，把人壓到身下，親她耳畔：「不累就好。」

夜才剛剛開始。

搬進新家，許摘星捨不得這麼早回S市了。

說來也奇怪，自從搬進來之後，那個噩夢就沒之前那麼頻繁了。岑風年前的行程都推了，只留了春節節目，最近都陪著她一起布置新家。

許摘星最喜歡跟他一起逛商場。

兩人逛商場超市的路透照上了好幾次熱搜，網友們都說這對應該是婚期將近了。小姐妹群組裡瘋狂@許摘星求一張婚禮邀請函。

許摘星：『什麼婚禮？誰的婚禮？』

小七：『不要裝了！我們都知道了！我知道我沒資格成為伴娘，但我是妹妹親友團！讓我在婚禮上為這對新人打call！』

許摘星：『？？？』

妳們為什麼感覺比我本人還著急？

是快過年了太閒嗎？

許摘星跟小姐妹們闢謠的時候，岑風也在ＩＤ群組裡聊天。

岑風：『有什麼求婚的idea嗎？』

大應：『？？？？？？』

施小燃：『？？？？？？』

蠟筆小新：『？？？』

奇怪：『？？？』

蒼蒼：『？？？』

三伏天：『？？？』

井：『oh my god！』

何斯年：『（網頁分享：最新最熱的求婚方式都在這裡！）。』

何斯年：『隊長加油！預約一個伴郎。』

大應：『去去去，老么爭什麼伴郎，隊長看我！伴郎看我！我高大威猛簡直就是為伴郎而生啊！』

井：『不如搞個伴郎團！八八八發發發，寓意也好！』

三伏天：『附議！』

施小燃：『我就不一樣了，隊長，我可以提前預約當你兒子的乾爸嗎？』

蠟筆小新：『你不配！』

岑風邀請本少爺加入群聊。

大應：『這誰？』

本少爺：『你爹（點煙）。』

大應：『周明昱是個傻子，隊長拉他進來做什麼？他不是我們ID團的人！我們ID排外！』

岑風：『他主意多』

本少爺：『就是，而且這裡面有誰比我更瞭解許摘星嗎？我可是她的青梅竹馬，哼！』

本少爺已被群主移除群組。

全群：『哈哈哈哈哈哈哈哈活該！』

五分鐘之後，再次進群的周明昱：『QAQ風哥我錯了，別踢我QAQ，我幫你出主意！』

變成十人的群組再次熱鬧起來。

許摘星並不知道愛豆正在偷偷準備求婚，每天安安心心布置新家，快到過年的時候，岑風開始排練節目，沒時間天天陪她，許摘星這才重新收拾行李，坐上回S市的飛機。

許父聽說今年女婿要上電視，興奮到高血壓差點發作，問清楚節目單後，就坐在沙發上抱著手機傳了一下午的訊息。

幾乎通知了他身邊所有能通知的人，告訴他們女婿要上節目了，在第幾個出場，唱的是什麼歌。

大年三十晚上，岑風在後臺候場，跟許摘星通了視訊電話。

許父許母都坐在旁邊，他在那頭笑著跟他們拜年，許父特別激動：『小風，你要好好唱啊！我們都在家看著！』

許摘星捅了她爹一下：『你別給他壓力！』

岑風笑：「不會，伯父放心，我會好好唱的。」

許母笑呵呵的：『小風啊，唱完就回家過年哈，我們明天等你吃午飯。』

這是他來到這個世界上後，第一次聽到有人對自己說，回家過年。

他彎唇笑得溫柔：「好，我明早七點的飛機，能趕上。」

許母開心極了：『那就好。』

又轉頭跟許摘星說，『妳明天別睡懶覺啊，去機場接小風。』

許摘星叉腰：『還用妳說，那當然了！』

懶覺哪有愛豆重要！

晚八點，春節節目正式開始。

等岑風出場的時候，許父拿著手機蹲在電視前拍影片，然後美滋滋地上傳動態：『大家都在問過年我女婿怎麼沒回來，因為女婿上電視了啊。』

留言：『老許你以前炫女，現在炫女婿，我看過不了幾年你就要炫孫了。』

許父：『嘿嘿，承你吉言。』

許摘星：「……」

這個年過得很愉快。

岑風把行程都推到了年後，可以輕輕鬆鬆待在許家休假。許父許母都知道兩人已經住在一起，他們也不是老頑固，沒再在樓下收拾客房，直接把岑風的東西放到女兒臥室。

許摘星在她爸媽面前臉紅了一下。

✦

過年期間滕文打了通電話給岑風，先是拜年，然後笑呵呵說他把《荒原》送去金影獎了。業內雖然對《荒原》好評如潮，也預估過今年各大電影節的獎項，但岑風還是沒有想過能拿金影獎。

笑聊了幾句就掛了電話。

結果過完年，剛開春，就收到了《荒原》入圍金影獎的消息。風箏們早已習慣愛豆創造奇跡，居然開始偷偷期待最佳男主角了。

網路上也開始針對這次的入圍名單猜測今年的影帝會花落誰家，猜來猜去比來比去，突然覺得，岑風好像並不是沒有優勢？

第一次演電影就拿影帝的明星又不是沒有，岑風在《荒原》裡的演技有目共睹，他可以在第二張專輯的時候拿金專獎，那第一部電影拿個金影什麼的，好像也不是不可能？

這位神仙下凡本就是來碾壓凡人的嘛。

而且《荒原》這部電影是有很強的社會意義的，它揭露了憂鬱症患者真實的生活和心理，令大眾對這個群體有了很多的關注和寬容。

電影的配樂和光影也一直是觀眾稱道的點，就算拿不了最佳男主角或者最佳影片，拿個最佳配樂最佳剪輯也不錯嘛。

粉絲還是非常樂觀的。

入春之後，B市的天氣漸漸回升，備受關注的金影獎在頒獎典禮的前半個月公布了最佳男主角提名名單。

岑風亦在其中，收到了電影節的出席邀請函。

不管最後能不能得獎，提名最佳男主角已經是對他的認可。這個榮譽可以讓風箏們在粉圈「驕傲挺胸橫著走」了。

許摘星在公司開完會才收到消息，高興地打了個電話給愛豆，說今晚要在家準備大餐，慶祝影帝提名。

岑風還在拍雜誌，讓她先去超市買食材，等他回來再一起做飯。

跟愛豆同居了這麼久，許摘星的廚藝沒怎麼增長，反倒是愛豆越來越有發展副業當廚子的趨勢。

聰明的人就是這樣，學什麼都快，做什麼都容易上手。

羨慕不來。

不過一個家裡有一個聰明人就夠了，許摘星覺得自己蠢一點就蠢吧，問題不大。

她開著車離開公司，高高興興去逛超市，等紅路燈的時候，幾朵粉色的櫻花飄落在擋風玻璃上。

許摘星愣了一下，轉頭看。

車窗外就是綠化帶，裡面種著一排粉櫻，櫻花簇簇開在枝頭，風吹過，漫空飄落。

櫻花開始凋謝了。

被壓抑的恐懼隨著這飄落的櫻花再次席上心頭。

後面喇叭按得震天響。

許摘星回過神時，綠燈已經進入倒數計時。

她全靠身體本能將車開走，卻沒去超市，而是直接回了家。

岑風趕在天黑之前回到家，進屋的時候，一樓冷清清的，沒開燈，他還以為她不在，換了鞋走進去才發現沙發上蜷著一個人。

岑風按開燈，看見她身上蓋著一條小毯子，懷裡抱著抱枕，像是睡著了。

他輕手輕腳走過去，在她身邊蹲下，才看到她眉頭皺得很緊，睡得特別不安穩。

他用手掌捂住她的小臉，指尖從她眼底拂過，低聲喊：「寶貝。」

許摘星一下子驚醒過來。

睜眼的瞬間，眼裡都是痛苦和茫然。

直到視線逐漸聚焦，看清蹲在身邊的人，之前慌亂的神色才漸漸褪下，她伸出手，小氣音顯得委委屈屈的：「抱。」

岑風俯身把她抱起來，調整一下坐姿，讓她躺在自己懷裡。

她乖乖蹭他心口：「我有點累，沒有去買菜，回來就睡著了。」

「沒關係。」他頓了頓，低聲問：「是不是又做噩夢了？」

許摘星埋著頭不說話。

他等了一陣子，沒有再問，低頭親了親她，「今晚吃番茄雞蛋麵好不好？我去做，妳要不要看一下電視？」

她摟著他的腰不鬆手。

過了好一陣子才悶聲說：「嗯，做噩夢了。」

岑風低頭看著她：「能告訴我嗎？」

她的臉上閃過一抹悲傷，微微側過臉去，半晌，像下定決心似的，又轉回來對上他的視線，努力讓聲音聽上去平靜：「哥哥，我夢見你自殺了。」

他的手指微不可查地顫了一下。

她說著，眼眶漸漸紅了，悶著聲音說：「我夢見你坐在一個房子裡，腳邊燒著木炭，我怎麼喊你你都不答應，怎麼推那扇門都推不動，我只能眼睜睜看著你……」

她閉了下眼，克制著情緒，很難受地笑了一下：「太無力了。」

岑風把她往懷裡摟了摟，嗓音很沉：「不會的，有妳在，我怎麼捨得離開。」

她埋在他懷裡點頭。

岑風的手指拂過她臉頰，輕聲問：「這個夢，是不是做了很多次？」

她又點頭，頓了頓才悶聲說：「有一段時間每天都做。」

他其實能猜到「有一段時間」是指的什麼時候。可他沒有再多問，笑著親了她一下：

「不怕，只是夢而已，永遠也不會發生。肚子餓了嗎？我去廚房做飯，妳乖乖看電視好不好？」

她聽話地爬起來。

岑風替她打開電視，調到她最近愛看的搞笑綜藝。

做飯期間，許摘星時不時跑到廚房門口來看一看。看到他好好地在裡面，才又回去，但是等不到多久，又會過來看一看。

✦

金影節很快到來。

如今網路上對於影帝的討論熱火朝天，風箏們也是群情激動，但一向熱衷於此的許摘星反而不怎麼在意了。

隨著那一天越來越近，她惶惶不可終日，不管怎麼說服自己，也抵擋不了當年那次死亡帶來的陰影。

要不是不可能，她真的想把愛豆關在家裡，哪都不讓他去，二十四小時不眨眼盯著他。

金影節她也跟著去了。

從員工通道進入後臺，在休息室等著，尤桃看出她的焦慮，還以為她在擔心獎項，安慰她說：「第一部電影就提名最佳男主角已經很厲害了，就算這次不拿獎也正常，老闆以後肯定能拿影帝的。」

許摘星：「拿影帝有什麼用，生不帶來死不帶去。」

尤桃：「……」

大小姐妳彿得有點過分了吧？

尤桃以為她這是過猶不及，又安慰她好半天，許摘星有些心不在焉，掰著手指頭算那一天還有多久。

不到一週了。

她已經下定決心，等到了那一天，說什麼也不能讓他出門。她陪著他在家看電視打遊戲下五子棋，反正不能讓他離開自己的視線。

不然還是直接去醫院等著？

萬一老天愚弄，非死不可，突發疾病也能就近搶救。

不行不行，醫院也不安全，醫鬧那麼多，萬一遇到意外被牽連了怎麼辦？

好像哪裡都不安全。

整個地球都不安全。

許摘星快急死了。

連轉播電視上主持人念出最佳男主角獲獎者的名字時她都沒注意到。

直到尤桃尖叫著衝過來抱住她，許摘星才茫然抬頭：「怎麼了？」

尤桃向來性子穩重，還是頭一次興奮到語無倫次：「最佳男主角！拿到了！拿到影帝了！老闆拿影帝了！」

許摘星這才抬頭看向電視。

鏡頭轉到岑風身上，他的笑容很淡，一貫的波瀾不驚，起身扣好西裝的鈕釦，在掌聲中走上了舞臺。

頒獎嘉賓笑著把獎盃頒給他，又握手祝賀。

主持人遞上麥克風。

今夜此刻，所有焦點都在他身上。

所有人心中只有一個念頭：這個人首部電影拿到了金影影帝，這麼年輕的影帝，還有無可比擬的人氣和流量，他已經站在巔峰，任人仰望。

可他眼眸還是那麼平靜，好像生來就是如此，任何事都不會左右他的情緒。

這樣的位置，這樣的年紀，這樣的心態。

放眼整個圈子，他是唯一一個。

粉絲總說他獨一無二。

今夜，他澈底證明他的獨一無二。

沒有任何人能複製他的經歷。

他生來不凡。

許摘星仰頭站在電視機前，呆呆看著畫面裡的人。

他微笑著說：「謝謝大家對《荒原》的認可，也謝謝你們對我的認可。能出演這部電影是我的榮幸，謝謝導演和劇組的付出，也謝謝觀眾對於憂鬱症這個群體的包容和溫柔。今後的路還有很長，希望今後一切都好。」

他看向鏡頭，眼神溫柔，像透過鏡頭，看向某個特定的人：「謝謝我的那束光，我永遠愛妳。」

許摘星輕輕眨眼，眼淚掉了下來。

謝謝我的那束光，我永遠愛你。

那是她曾經站在舞臺上，獲獎之時，對他說過的話。

那時候他甚至不認識她。

如今，他是否已經知道，那句話是為他而說？

都不重要了。

他們成了彼此生命中最明亮的那束光。

金影節之後，岑風在圈內的風頭一時無人能及，既有影帝的實力，又有頂流的人氣，說真的，連對家都找不到黑的點。

風箏們深深感到，無敵是多麼寂寞。

拿到影帝沒幾天，岑風又收到了張導遞來的電影劇本。這一次不是讓吳志雲轉交，而是張導本人親自過來的。

自從上次他拒絕了張導的電影選擇了《荒原》後，張導對他的印象一直不錯，一直在等待合作的機會。

這一次的劇本是他壓箱底的本子，講的是一個刺客的故事，名為《譎》。

岑風在家熬牛奶粥給許摘星。

禮貌地招待了張導之後，然後拒絕了他的邀請，他很平靜地說：「下半年我要準備演唱會，不能分心。」

張導喝一口大紅袍，笑著搖頭：「你是第一個接連拒絕我兩次的人。」

他看向飯桌上的牛奶粥，「那個，我能喝一碗嗎？」

岑風笑道：「當然。」

張導喝了一碗牛奶粥，把《譎》的劇本留了下來，離開前跟岑風說：「你什麼時候願意接了，拿著劇本來找我。你不接，我不拍。」

岑風送他離開，回來的時候，看到女孩穿著睡裙站在樓梯口，一臉幽怨地說：「他把我的牛奶粥吃了。」

岑風走過去把人抱下來：「還有很多。」

許摘星：「不行，做給我的，一口都不能給別人。」

岑風笑著問：「那現在吃都吃了，怎麼辦？」

她摟著他脖子：「要罰你。」

岑風挑眉：「罰我什麼？」

許摘星說：「罰你明天不准出門，一秒鐘也不能離開我的視線。」

岑風看著她不說話。

她噘著嘴，看不出什麼異樣：「不同意我就生氣了！」

他笑著搖了下頭，沒說好，也沒說不好。

許摘星心裡七上八下的。

快到凌晨時，連洗澡都在一旁看著，往日她會害羞，現在也顧不上了，眼睛眨也不眨，恨不得把他看出個洞來。

岑風被女孩盯得難受，滿身濕氣把人拉過來，按在浴室辦了一頓。

最後被岑風抱出來時，許摘星已經累到不行了。她本來打算今晚一夜不睡的，連黑咖啡都泡好了，就是要通宵盯著他。

結果被折騰了一番，一沾床就睡著了。

這個最令她揪心的一夜，居然沒有做噩夢，第二天早上醒來的時候，岑風已經把早飯做好了。

許摘星的心跳得有點快，連吃飯的時候都盯著他看，好像他隨時會原地消失一樣。

岑風用勺子敲敲她的碗，「好好吃飯，吃完了我們要出門。」

許摘星差點跳起來：「去哪？我不出門！你也不准出門！」

他嘆了聲氣：「先吃飯，乖。」

許摘星一瞬間緊張極了。

吃完飯，岑風又牽著她上樓換衣服，許摘星扒著房門不鬆手：「哥哥，今天不出門好不好？我們就在家，有什麼事明天再去好嗎？我不想出門。」

岑風有些心疼，又有些好笑，溫聲哄她：「不會有事的，乖乖換衣服，我帶妳去一個地方。」說完了，又補上一句：「就算真的會發生什麼事，待在家也沒用吧？」

許摘星虎軀一震，不可置信地瞪著他。

他好像什麼都知道，又好像什麼都不知道，從衣帽間取了一件淺色的上衣給她，笑著問：「穿這件可以嗎？」

許摘星最後還是認命跟著愛豆出門了。

坐車的時候心驚膽戰的，交代愛豆開車小心，岑風為了安撫她，全程時速沒超過四十。

一直到車子開到戶政事務所門口，一直繃著神經的女孩才後知後覺地問：「我們來這做什麼啊？」

岑風熄火停車，把人拉下來：「來戶政事務所還能做什麼？」

來戶政事務所當然是結婚。

許摘星滿臉茫然。

被他拉著往裡走時，整個人都是麻木的。兩人沒戴帽子口罩，一下車就被路人認出來了，周圍頓時一陣驚叫，拿出手機對著他們拍了起來。

岑風一點也不在意，還回頭朝他們笑了一下。

兩人手續還沒辦完，網路上熱搜已經爆了。

社群工程師：終於幹了件人事，沒在節假日登記。

許摘星的淺色上衣很上鏡，兩人的顏值都高，靠在一起時，攝影師感慨連連，笑著說：「新娘再笑得燦爛點，別發呆啦。」

許摘星聽話地彎起唇角。

哢嚓，畫面定格。

直到證書拿到手上，她還茫然著。

岑風看著結婚證書上的證件照，笑著揉她的腦袋：「妳怎麼笑得傻乎乎的。」

許摘星眨眨眼睛，愣了好一陣子，終於小聲問：「為什麼突然……為什麼是今天啊？」

岑風笑著問：「今天不好嗎？」

她愣了一下，不知該如何回答。

不好啊……今天……曾是你的忌日啊。

岑風握住她的手，把證書放到她手上，然後傾身抱住她，貼著她耳畔低聲說：「從今以後，這一天，就是我們的結婚紀念日了。這一天很好，天氣很好，陽光很好，我查了黃曆，宜嫁娶，妳在這一天成為我的妻子，開不開心？」

把妳最害怕的一天，變成妳最開心的一天。

許摘星的身子輕輕顫抖。

半晌，嗓音裡有哭腔：「開心，超開心的。」

他摸摸她腦袋：「求婚儀式和婚禮以後補給妳，今晚我們去慶祝第一個結婚紀念日怎麼樣？」

許摘星邊哭邊說：「結婚紀念日是這麼算的嗎？不是從明年開始算嗎？」

岑風笑起來，低頭親她流淚的眼睛：「不，我們從今天開始算。」

曾經的這一天是終點，他的生命在這一天得以終結。

如今的這一天是起點，他和她的人生，才剛剛開始。

而他於她的愛，永無結束之日。

——《娛樂圈是我的，我是你的【第二部】燈火璀璨》正文完——

番外一　求婚

岑風的演唱會定在九月入秋的時候。

這是他出道以來首場個人演唱會，場地選在B市的體育館，能同時容納八萬人。

演唱會官宣之後，粉絲跟瘋了一樣，天知道她們期待了多久，每年都在祈禱有演唱會，每年新年都在工作室社群下面許願。

今年岑風拿了影帝，有行銷號爆出張導的新電影在接觸他，風箏們本來以為今年又沒戲了，沒想到愛豆跟若若登記之後的第二天，就發文說要開演唱會了。

這難道是結婚禮物嗎？

托若若的福，我們終於等到了演唱會，你們為什麼不早點登記呢！

雖然體育館很大，開票八萬張，但預約人數早已超過一百萬，僧多粥少到這個地步，風箏們拿出六親不認的態度來搶票。現在這個時候你也別跟我說什麼基友小姐妹，我們都是競爭對手！

許摘星就不存在搶票這個問題了。

愛豆直接把主舞臺第一排最中間的位子留給她。

拿到門票之後，她果斷拍了一張照發文，美滋滋炫耀，但是大家這次都沒酸，紛紛表示，應該的應該的！結婚快樂！

首場個人演唱會，周邊排面也不能少！許摘星做了一萬個應援禮包，裡面有手幅、有胸牌、有小鏡子和潤喉糖。

本來還打算準備螢光棒的，但因為這次演唱會的應援棒是數位控制，為了不影響數位控制光影效果，大家呼籲不要帶發光物入內。

為了保持神祕感，許摘星連彩排都沒去看，等到演唱會當天，秋陽燦爛，場館外面人山人海，放眼望去一片橙海。

她選了個地標，發完周邊，收拾收拾就溜進後臺了。

岑風已經換上舞臺服，是她親自搭配的，正在跟音樂總監確定最後的細節。她在門口招招手打了個招呼，就跑去跟造型師確認今晚的妝髮了。

雖然她沒有親自上手，但從頭到腳的設計都有參與建議，勢必要讓愛豆的首場演唱會帥出新高度。

為了保持最佳狀態，岑風沒吃晚飯，只喝了點許摘星在家裡煲好帶過來的潤嗓湯。快開場的時候，數位控制組的組長過來找岑風，剛進來還沒說話，就被尤桃一個眼神制止了。

許摘星正往愛豆頭上撒小亮片，是她臨時決定加上去的，搭配開場舞美，尤桃喊她：「大小姐，妳還不去觀眾席啊？都快開始了。」

許摘星看看時間，把手掌最後幾片小亮片吹到岑風頭髮上，拍拍手：「好，那我先去了。」又朝愛豆比了下小拳頭，「哥哥加油！」

岑風跟她輕輕碰了下拳頭：「嗯，加油。」

等她高高興興地離開，數位控制組組長才開口道：「我們調了一下字的間距，這是效果圖，你看看。」

岑風接過手機看了看，抬頭問道：「亮度調到最大了嗎？」

數控組組長回答：「還差一度，現場會調到最大的，到時候一定清晰無比！」

岑風笑著點頭：「好，辛苦了。」

場館內已經全部坐滿，舞臺的大螢幕上在放演唱會的宣傳片，許摘星一坐過去周圍的粉絲都很興奮。有喊嫂子的，也有喊妹妹的，還有喊若若的。

螢光棒暫時還沒亮，許摘星拿著螢光棒環顧四周，內心感慨萬千。

這是她等了兩輩子的演唱會。

曾經那些難熬的日子，她總是告訴自己，撐過去，岑風在前面等我。

岑風的演唱會在前面等我，岑風的簽售會在前面等我。只要撐過去了，就能見到那一切，並有幸參與。

那樣的期待，成了她努力的全部動力。

後來本以為再也見不到了。

如今終於實現。

登記結婚的第二天工作室就官宣了演唱會的消息，她知道這是他給她的結婚禮物。

其實她已經猜到了一些事，一些只屬於他們兩個人之間獨一無二的祕密。但祕密之所以叫做祕密，是因為不說出口。

愛豆沒有說破，她心底其實鬆了一口氣。

因為她並不願意讓他知道，她曾經經歷過什麼。有些事情提起來，除了讓人回憶難過，其實並沒有什麼用。

那些日日夜夜為他哭泣的夜晚，他不必知曉。

他們如今只需向光而行。

七點半，演唱會正式開始。

螢光棒統一亮起，橙海瞬間鋪滿整個場館。歡呼尖叫聲如同浪潮湧向舞臺，呼喊著同一個名字。

開場曲用的是具有紀念意義的首支單曲〈The fight〉，當初岑風就是用這首歌完成了在少偶的首個神仙 solo 舞臺，驚豔全網。

他這一路走來，滿載榮光。

是她們的夢想，亦是驕傲。

開場連唱五首歌，第一 part 才結束，追光燈落在舞臺上，連唱五首唱跳，他額頭上都是汗，說話聲卻毫無喘氣，笑著打招呼：「晚上好。」

全場大喊：「晚上好！」

他環顧四周，眼裡盛著光，很亮，「這個演唱會，讓你們等久了，謝謝你們能來。」

全場又是尖叫，喊什麼都有。

「不久！」

「不謝！」

「應該的！」

「啊啊啊啊啊我愛你！」

他側耳聽了一陣子，不知道聽到什麼，笑了一下，又說：「那接下來，聽一首安靜的歌好不好？」

全場大喊：「好！」

燈光暗下來，再亮起時，他已經站在舞臺中央，握著麥架唱起了〈流浪〉。

今晚的歌單有三十首，兩個半小時的狂歡，只屬於風箏。明明足有兩個多小時，可當時針指向晚上十點時，所有人都覺得自己的時間被偷了。

兩個半小時？為什麼感覺才過了半小時不到啊！

多希望時間定格在這一刻，永遠不要往前走。

岑風換上今晚最後一套舞臺服，從升降機緩緩走上舞臺。

他今晚所有的服裝都是許摘星提前搭配好的，最後一套本來是一件有亮晶晶流蘇的牛仔外套，是香奈兒今年的高級訂製款。

但是此刻站在舞臺上的岑風穿了一套煙灰色的西裝，像出席晚會的王子，矜貴又溫柔。

許摘星還在發愣，周圍已經尖叫起來，他走到主舞臺的方向，許摘星坐在主舞臺第一排，連他唇角的弧度都看得一清二楚。

等尖叫聲小下來，他才笑著說：「我跟你們之間約定了一個祕密對不對？」

全場興奮大喊：「對！」

許摘星茫然四顧，滿腦袋問號。

什麼約定？什麼祕密？為什麼我一無所知？

岑風走到舞臺邊緣，垂眸看向坐在第一排的女孩：「幾個月前，我跟我最愛的女孩結婚了，但是在登記前，我沒有求婚。」

許摘星的眼睛睜得大大的，仰著小腦袋定定看著舞臺上的他。

他彎著眼睛，笑語溫柔：「我欠她一個求婚，想在今晚補給她。你們都是我的家人，幫我做見證好不好？」

周圍瘋狂尖叫：「好！求婚！求婚！求婚！」

他在舞臺邊緣單膝跪地。

變魔法一樣，從口袋裡變出一枚戒指，然後遞向臺下的女孩。

兩個工作人員走過來，在舞臺下搭了一個階梯，然後打開了許摘星面前的圍欄，她這才發現面前的欄杆，是可以推開的。

她看到他笑起來，一字一句說：「許摘星，嫁給我吧。」

滿場燈光驟然熄滅，只留下舞臺上一束追光。觀眾席的數控螢光棒依次亮了起來。場館四面都用亮起的螢光棒組成了一行字：許摘星，嫁給我。

壯觀又漂亮。

滿場響起呼喊：「嫁給他！嫁給他！」

一遍又一遍。

一個所有人都知道的求婚儀式，只有她不知道。

在演唱會開始前的兩個月，工作室就透過口耳相傳的方式，讓歌迷會管理和圈內大粉把這個計畫一個接一個傳了下去。

每告訴下一個人，都會交代一句：千萬不要讓若若知道！這是哥哥跟我們的約定！

岑風還發了文：『演唱會的計畫，我們約定好了。』

靠！愛豆跟我們的約定必須要遵守啊！

哥哥你放心！我們就是死也會把這個祕密帶進棺材裡！

許摘星根本沒想到，那則貼文說的是這個意思。

而且最近這段時間她也在忙公司的事，每天除了固定打榜，沒怎麼逛過粉絲話題，在整個粉圈的配合下，硬是一點風聲都沒收到。

你圈未免也太團結？

許摘星還發著愣，旁邊的小姐妹著急地推了她一把：「快點過去！別讓寶貝跪久了！」

許摘星反應過來，趕緊衝上去，踏著木臺階一路噠噠噠跑上舞臺，鏡頭聚焦在他們身上。

滿場歡呼。

岑風笑著晃了晃手上的戒指，「手給我。」

許摘星羞得不行了，埋著腦袋伸出左手，小聲說：「你快起來呀，膝蓋疼不疼啊？」

岑風身上別著麥克風，她離得近，聲音也被收錄進去了。

這種時候妳居然在關心他膝蓋疼不疼？

全場爆笑。

岑風也笑著搖了下頭，替她戴好戒指站起身來，把羞得滿臉通紅的女孩摟進懷裡，朝四周揮手：「謝謝你們幫我追到她，又幫我求婚。」

大家又哭又笑：「一家人！不客氣！」

他不僅擁有了自己的家，還擁有了千千萬萬個家人。

他們一心一意愛著他，盼他幸福，盼他安康。

他是他們的光和信仰。

他們不知道，他們亦是他的港灣和依靠。

他的女孩曾經告訴他，粉絲用盡熱情來愛他，並不是為了讓他回報什麼。他也的確無以為報。

但如果可以，他會把他最美好的祝福和心願都給他們。

願她們永遠有所愛，願他們永遠被愛。

番外二　爸爸去哪了

岑小星和岑小風是在辰星夫妻結婚後的第四年出生的。

龍鳳胎，千分之一不到的機率，孩子出生時連許摘星自己都驚呆了。當時產檢只知道是雙胞胎，對於是一對男孩還是一對女孩兩人都覺得無所謂，也就沒進一步查性別，想著留點驚喜，沒想到最後居然是一男一女。

這驚喜也太大點了。

上一世的黑暗，這一世都化作幸運彌補給他們。

岑小星先出來，雖然只先了幾秒鐘，但還是成為了姐姐。她出生時比弟弟重一些，長得好哭聲也大，岑小風則有些瘦弱了，連哭聲都小，大家都說是姐姐在胎裡搶走了弟弟的營養。

兩姐弟長大後，性格天差地別。

岑小星頑劣活潑，像個皮猴似的，是爸爸的小粉頭，媽媽的小迷妹，半分鐘都閒不住，許摘星一眼沒看著她，就搞事去了。

岑小風安靜高冷，像極了以前的岑風，不喜歡說話，對外界也愛理不理的，一個人坐在玩具房堆積木可以堆一天。

許摘星一開始還懷疑兒子有自閉症，急到不行，要帶他去看醫生，結果岑小風摟著媽媽的脖子一本正經地說：「我沒有生病，我只是不想說話。」

許摘星親親兒子肉嘟嘟的臉：「小風為什麼不想說話呢？」

岑小風用他奶聲奶氣的聲音 diss 全世界：「除了爸爸媽媽，其他人都是蠢貨。我不想跟蠢貨說話。」

許摘星：？

她默了一下，「那爺爺奶奶呢？」

岑小風：「……」

小朋友遲疑了片刻，「爺爺奶奶不一樣。」

許摘星：「那舅舅、舅媽呢？」

岑小風：「……他們還行吧，我平時還是跟他們說話的。」

許摘星：「那ＩＤ團總是買玩具給你的八個叔叔和每次都帶你打遊戲的乾爹呢？」

岑小風：「……」

他真的有點想自閉了。

拿著一把水槍衝過來的岑小星大吼道：「那我呢！」

岑小風瞄了姐姐一眼，高冷地吐出兩個字：「蠢貨。」

然後岑小星就抬起她的水槍對著高冷的弟弟 biubiubiu，岑小風被滋了一臉水，肉嘟嘟的小臉氣呼呼的，但最後只是用袖子擦了擦，嫌棄地說：「幼稚。」

岑小星被氣得哇哇大哭，跑去找爸爸告狀。

岑風把頂著沖天辮的小女孩抱起來，笑著問：「弟弟怎麼欺負妳了？」

岑小星邊哭邊說：「他罵我幼稚。」

岑風：「那妳幼稚嗎？」

岑小星：「我才不幼稚！」

岑風：「幼稚的小朋友才會哭哦。」

岑小星立馬不哭了，抿著小嘴憋哭的樣子像極了許摘星。

岑風笑著親親她髒兮兮的小臉：「弟弟其實很喜歡姐姐的，他昨天剛做出來的機器貓不是送給妳了嗎？」

岑小星沉默半天，才底氣不足地說：「那是我搶的，他本來是要送給媽媽的。」

岑風：「……」

這些年來，辰星夫婦一有什麼動靜都會引起全網關注，當年那場盛大的婚禮到現在還被人津津樂道。

許摘星生了龍鳳胎也沒瞞著，第一時間分享給大家。

風箏們喜極而泣地表示，我們當奶奶了！

從兩孩子出生開始，粉絲就開始期盼愛豆帶孩子上《爸爸去哪了》，每年都要去節目組的官方帳號下留言提醒他們記得邀請。

姐弟倆三歲的時候就被邀請過一次，岑風自然拒絕了。

四歲的時候節目組又來了，還托了跟辰星的關係，結果還是被拒絕了。

直到長到快五歲的岑小風還是不愛跟同齡人交流，沉浸在自己的小小世界裡。許摘星被導演組遊說一番，覺得可能讓兒子上上這個節目，跟其他小朋友一起生活幾天做做任務玩玩遊戲對他有好處，這才答應了。

本來一開始是只帶岑小風去的。

岑小星是個走到哪禍害到哪的小魔女，連幼稚園老師都說，要不是看她長得無敵可愛，以開學第一天弄哭全班同學的事蹟，這個班都不想收她。

結果這件事被岑小星知道了，一邊抹眼淚一邊說爸爸媽媽偏心，只帶弟弟去玩，連最喜歡的牛奶都不喝了。

於是許摘星跟她約法三章。

帶妳去，可以，但是必須聽爸爸的話，爸爸說什麼就做什麼，不准哭，不准欺負別的小朋友，也不准捉弄其他大人，還要照顧好弟弟。

如果做不到，就只能去這一期，以後都不准再去了。

岑小星連連點頭保證。

節目組對此當然是樂見其成，畢竟網友們對辰星夫婦這對龍鳳胎可是好奇得很，而且岑風結婚之後也很少再上綜藝，每年固定一部電影，一場演唱會，其他只有一些代言和商演，現在終於又要在綜藝裡露面，這一季的熱度是不用愁了。

果然，官宣發出之後，熱搜爆了，節目還沒開始錄，網友們已經在催播出了。

正式錄製之前，節目組上門來拍先導片。

許摘星早早就幫兩個孩子穿好了姐弟裝，是她親自設計的漢服，導演一進來就看見兩個粉雕玉琢的小團子，一白一粉，像兩個小仙童似的，長得漂亮又相像，萌得節目組心肝顫。

不由得在心裡感嘆，父母基因好，孩子的顏值也太逆天了。

白衣服的是岑小風，見到外人和攝影機，小嘴繃得緊緊的，小奶娃故作成熟的樣子格外可愛，而他自己還不自知，就更可愛了。

粉衣服的是岑小星，因為媽媽的告誡，從節目組進門開始就乖乖的，不敢搞事，但水汪汪的大眼睛轉個不停，狡黠又靈動，一看就不安分。

拍攝的地方設在他們的玩具房，工作人員把機器架好後，許摘星把兩小孩帶過去了。岑小風第一次面對攝影機，故作鎮定的小臉上有些不好意思，埋著腦袋玩手裡的魔術方塊。

岑小星就顯得很興奮了，看媽媽走了出去，立刻按捺不住開口：「這個在拍我和弟弟嗎？我可以在電視上看見自己嗎？」

導演笑著說：「對，已經在拍了，要不要跟喜歡妳的哥哥、姐姐、叔叔、阿姨打個招呼？」

岑小星眨眨眼睛，紅色髮帶垂在肩上，笑起來把人的心都萌化了：「大家好，我叫岑小星，今年五歲了。」

她說完了，轉頭看著一直垂著腦袋的岑小風，伸出一根手指戳戳岑小風的手臂：「弟弟，該你了。」

岑小風往旁邊側了一下，還是埋著頭玩魔術方塊，不說話。

岑小星噘了下嘴，又轉頭看向鏡頭，繼續道：「這是我弟弟，他叫岑小風，今年也五歲了，我們是雙胞胎。」

導演問：「岑小風為什麼不說話呀？」

岑小星：「他不喜歡說話，我幫他說！」

現場的人噗哧笑了，接著問：「你們接下來要跟爸爸單獨出去旅遊，怕不怕呀？」

岑小星歪著腦袋：「為什麼要怕？我最喜歡爸爸了。」

導演：「最喜歡爸爸？那媽媽呢？」

岑小星一臉鬼靈精怪：「誰說最喜歡的只能有一個？」

導演忍俊不禁，又問：「那妳喜歡弟弟嗎？」

本來全神貫注轉魔術方塊的岑小風手上動作一停，雖然還是埋著頭，但感覺耳朵已經豎了起來，岑小星昂著小腦袋說：「我當然喜歡我弟弟！誰讓我們是雙胞胎呢！」

導演還沒反應過來，一直沒說話的岑小風終於開口了，他奶聲奶氣又不失嚴肅地問：「妳的意思是，如果我們不是雙胞胎，妳就不喜歡我？」

岑小星轉頭朝他做了個鬼臉：「如果你不是我弟弟，誰要喜歡你！」

岑小風氣呼呼的，高冷地扭過頭：「誰要被幼稚鬼喜歡！」

岑小星不服：「爸爸說我不是幼稚鬼！」

岑小風冷血道：「爸爸是騙妳的，誰讓妳每次都哭，又愛哭又愛撒嬌的幼稚鬼麻煩精，除了爸爸、媽媽，才沒人會喜歡妳！」

岑小星瞪著水汪汪的眼睛，不敢相信弟弟竟然會這樣罵自己，呆愣了三秒鐘，眼淚跟水龍頭似的，唰的一下流下來了。

工作人員著實沒想到事情會發展成這樣，趕緊出去喊許摘星。房間裡鏡頭還拍著，岑小星雖然年齡小，也知道哭起來醜醜的樣子不好看，哭的時候還記得捂著臉，一邊哭一邊打嗝。

岑小風小嘴繃成一條線，手裡緊緊捏著魔術方塊，看她在旁邊哭得那麼可憐，冷冰冰的小臉上閃過一絲懊惱。

他往她旁邊挪了挪，伸出一根手指戳戳她的手臂。

岑小星扭一下身子，不理他，哭得更大聲。

岑小風高冷地哄姐姐：「不要哭了。」

岑小星邊哭邊說：「我要告訴爸爸、媽媽你欺負我！」

岑小風：「對不起。」

岑小星：「道歉沒有用！媽媽說過，道歉有用的話還要警察叔叔做什麼！」

岑小風：「我也喜歡妳。」

岑小星嗝得抽泣了一聲，拿開捂住小臉的手，不可置信地看著他。

岑小風看著被眼淚鼻涕糊了一臉的姐姐，奶奶地嘆了一聲氣，拽著自己長又寬大的漢服袖口，抬手幫她擦臉。

他嚴肅又小聲地說：「除了爸爸、媽媽，我也喜歡妳。」

岑小星可憐兮兮地看著他，等弟弟幫自己擦乾淨臉，張開雙手朝他撲過去，在他臉上吧唧了一口：「我也喜歡弟弟！跟喜歡爸爸媽媽一樣喜歡！」

等工作人員火急火燎把許摘星喊進來的時候，剛才還吵架吵到哭的兩個小朋友已經笑哈哈地抱在一起，在玩具房的毛茸茸地毯上打滾了。

抱著半個冰西瓜拿著勺子正在挖西瓜吃的許摘星慢悠悠地說：「看，我說了問題不大嘛。」

節目錄製地點在南方一個小水鄉，廣布溪流湖泊，水面還有大片粉白荷花，自然風光十分秀麗。

岑小星因為跟媽媽的約定一路乖得不行，完全沒鬧過，但眼睛神采奕奕，相比於因為暈車軟綿綿趴在爸爸懷裡的岑小風有精神多了。

下車之後，五對嘉賓在棧邊集合，進村需要坐小船。

五個爸爸都是圈內熟人，岑風是這一季中最年輕但是咖位最大的，大家互相打了招呼，又領著自家孩子互相介紹。

大家本來以為岑風帶兩個小孩會很棘手，畢竟他們光是帶一個已經很難搞了。結果這對備受關注的龍鳳胎特別乖，不哭也不鬧。

岑小風因為暈車小臉有些白，本來就不愛說話，現在懨懨的更沉默了，岑風一手抱著他一手提行李，岑小星主動幫弟弟揹小書包，前面揹著自己的，後面揹著弟弟的，還能騰出手來幫爸爸推行李箱。

小朋友們初次見面都挺害羞，躲在爸爸身後探頭探腦，只有岑小星這個自來熟熱情地掏出口袋裡的巧克力分給小夥伴們，還一邊吃一邊含糊不清地提醒大家：「快點吃，再不吃等一下就要被那個叔叔沒收了！」

這話剛落，工作人員就拿了五個籃子過來，讓大家把零食和玩具交出來。

小朋友們頓時哭作一團。

岑風抱著兒子挪不開手，交代岑小星：「把妳和弟弟的零食玩具找出來放在籃子裡。」

岑小星乖乖打開兩個小書包，蹲在地上吭哧吭哧地翻找，一邊找一邊偷偷把零食往嘴裡塞。她每天的零食是有限量的，岑風過了一下才發現她的腮幫子塞得鼓鼓的，像隻偷吃的小倉鼠，淡聲喊她：「岑小星，不准偷吃。」

小朋友義正辭嚴：「我才沒有偷吃，我只是現在把明天的一起吃了！」她搖搖手中的機器人，「弟弟，我把你最喜歡的機器人交出去了哦，我們要遵守規則。」

岑小風哼了一聲沒說話，也沒鬧，只是把小腦袋埋在爸爸頸窩，再也不抬頭了。

看不到就不會難過！

整理完行李，嘉賓們坐上入村的小船。

艄公一邊划船一邊唱起當地的水調小曲，剛才還哭鬧的孩子們坐在小船上被水裡的野鴨子和荷花吸引了注意力，一時間笑聲連連。

岑小星頭一次坐這種小船，興奮到不行，趴在船邊玩水，還想摘荷花，結果被岑小風阻止了。

他奶聲奶氣地教訓姐姐：「荷花會痛的！它應該開在水面才有觀賞價值！」

岑小星噘了下嘴，收回不老實的手，但嘴裡還是小聲嘟囔：「那我們家的花瓶裡還不是總有花，開在花瓶裡也有觀賞價值啊。」

岑小風嫌棄地看了她一眼：「花瓶裡的花是花農培育養殖的，這裡的荷花是野生的，它們的宿命不一樣。」

岑小星眨眨眼睛，認真地看著弟弟：「什麼是宿命？」

岑小風一臉高冷：「妳應該多讀點書。」

岑小星：？

她小嘴一撇，看樣子又要哭了。岑小風最怕姐姐哭了，每次哭了還不是他去哄，趕緊說：「妳答應媽媽不哭的！」

岑小星一下子抿住唇，想哭不敢哭的樣子可憐極了，委屈地朝岑風伸出手：「爸爸抱。」

於是下船的時候岑風一手抱著一個孩子，兩小孩一人趴一邊肩膀，看得別的爸爸佩服不已。

「好臂力！」

「跳舞的體力就是好啊。」

「岑風你先走吧，我幫你拿行李。」

一行人下船之後沿著小道一路走到了村口的小壩子裡，周圍攝影機已經架起了，等嘉賓們到齊，就開始第一輪遊戲：選房子。

本來以為要玩遊戲定輸贏，沒想到考的是人品。

導演拿出五張圖片，圖片上是五種不同的花。分別是梅花、桃花、荷花、月季花、桂花。他笑盈盈說：「小朋友們，這五種花代表五間不同的房子，大家選了哪朵花，就要住相對應的房子。」

岑小星因為一路表現十分出色，村長說完就笑著問她：「岑小星，妳喜歡哪朵花？」因為爺爺奶奶家的樓頂和自家的花園裡都種著媽媽喜歡的臘梅，岑小星立即說：「我喜歡梅花！」

導演把梅花那一張圖片遞過來：「那妳要這個嗎？」

岑小星拔腿就想跑過去拿，結果被旁邊的岑小風拽住了。

大家都知道岑風這對兒女，兒子內斂女兒外向，下車以來小孩一直沒跟外人說過話，現在突然有所動作，大家的目光聚集過來。

導演笑吟吟問：「岑小風不喜歡梅花嗎？」

岑小風雖然高冷，但還是很禮貌的，回答道：「喜歡，媽媽最喜歡。」

岑小星一副著急的樣子：「我去拿過來，我們就選這個！」

岑小風搖搖頭，看向導演，奶聲奶氣地問：「每種花對應不同的房子嗎？」

導演點點頭：「對。」

岑小風又問：「房子有好有壞嗎？」

導演又笑著點頭：「對，所以小風要謹慎選擇哦。」

岑小風看著他手中的五張圖片沉思了一下，然後緩緩說：「我選桃花。」

岑小星頓時跳起來：「我不要桃花！我要梅花！爸爸我們選梅花！」

岑風摸摸她的小腦袋：「你們自己商量，說出各自的理由，誰能說服對方就聽誰的。」

岑小星小嘴噘得老高，不開心地看著弟弟：「媽媽最喜歡梅花了！過年的時候你房間的花瓶裡都插著花園裡的臘梅你忘了嗎？」

岑小風不為所動，小臉高冷，奶聲奶氣又不失嚴肅：「我喜歡梅花，可我們不能選梅花。每種花決定了房子的好壞，梅花有很大的機率是壞房子。」

岑小星還沒想明白機率是個什麼東西，就聽到弟弟繼續說：「寶劍鋒從磨礪出，梅花香自苦寒來，苦寒寓意不好，雖然不一定是這樣，但選擇其他花更安全一些。」

岑小星一臉茫然地看著弟弟，「我聽不懂你在說什麼。」

岑小風：「都說了妳應該多讀點書。」

岑小星：「……」

節目組已經錄過很多季的《爸爸去哪了》，卻還是頭一次遇到像岑小風這麼聰明的孩子。他們布置的小關子居然被一個孩子一語道破了。

導演忍不住對岑風說：「你家小孩智商很高。」

岑風笑了下：「像他媽媽。」

村長：「……」

好像無形之中又吃了一口狗糧。

岑小星雖然沒聽懂弟弟在說什麼，但最後還是妥協了，放棄梅花選擇了桃花。其他幾組嘉賓都覺得岑小風說的在理，但架不住有一個小孩跟岑小星一樣死活要選梅花，他爸爸無奈笑道：「看來我要去體驗苦寒了。」

最後大家拿著圖片去找各自的房子。

梅花那家果然是一間破舊的老房子，連房頂都需要補，不然下雨了要漏雨。

最好的房子是荷花那張，岑風一家的桃花房也不錯，門前有一顆大桃樹，這個時節桃花已經謝了，但枝葉間結了青油油的小桃子。

岑小星趁岑風不注意，偷偷爬上樹摘了一顆，一口咬下去差點把牙酸掉。

岑小風這時候終於從暈車中恢復過來了，撐著下巴坐在門檻上看著姐姐像隻猴子一樣爬上爬下，一副哥哥的嚴厲語氣：「岑小星妳不要摔到了！」

岑小星坐在樹枝上晃動一雙小腿，笑瞇瞇問：「弟弟你在關心我嗎？」

岑小風傲嬌地一歪頭：「誰關心妳！妳摔到了爸爸、媽媽會難過的，我是關心爸爸、媽媽。」

岑小星朝他做了個鬼臉。

臨近中午，太陽逐漸爬上天空，陽光從枝葉間灑下來，一半落在樹上的岑小星身上，一半落在樹下的岑小風身上。

微風拂過，空氣裡還有荷花的清香。

岑小星坐在枝頭張望一番，忘了弟弟剛才還在diss自己，低頭開心地對他說：「這裡好漂亮呀，下次我們要帶媽媽一起來玩。」

岑小風用小拳頭抵著下巴，高冷地「嗯」了一聲。

岑小星盯著他，眼珠子一轉，像打著壞主意的小狐狸，抿唇偷偷笑了下，然後突然大聲喊：「岑小風！我聽到樹枝響了！好像要斷了！」

岑小風蹭的一下站起來，總是高冷的小臉上滿是緊張：「妳快下來！」

岑小星哇哇大叫：「我不敢！我不敢動！」

岑小風一邊往她面前跑一邊向旁邊的攝影老師求助：「叔叔！快去幫幫我姐姐！快把她抱下來！」

桃樹其實很低，樹枝自然也低，岑小星坐的那枝樹枝高度才一公尺多，不然工作人員也不會放任她往上爬，現在聽到她這麼說，都趕緊走過去。

岑小風已經跑到樹下，張開雙手做出要接住姐姐的姿勢，岑小星小計謀得逞，眼睛裡都是笑，洋洋得意地問他：「弟弟，你不是說不關心我嗎？」

岑小風緊張的神情一頓，頓時反應過來自己被耍了，氣呼呼地瞪了她一眼，轉頭就走。

岑小星「欸欸」兩聲，趕緊從樹上跳下來去追，結果跳得太急，扭到腳一屁股坐在地上。

岑小風聽到姐姐「哎喲」一聲，腳步一頓，轉過身去，看她摔在地上齜牙咧嘴的，默默看了她幾眼才問：「妳聽過狼來了的故事嗎？」

岑小星哭兮兮：「我真的摔到了！」

岑小風嘆了聲氣，走過去蹲在她跟前，摸摸她的腳踝：「摔到哪裡了？」

岑小星：「哪裡都摔到了，要弟弟親親才能起來。」

岑小風：「……」

他高冷的小臉有點紅，懊惱地看著她，賭氣似的說：「我再也不相信妳了！」

說完，起身就往屋裡跑。剛跑到門口，一頭撞在走出來的岑風身上，小朋友用小短手抱住爸爸的大長腿，埋在他腿上。

岑風俯身把人抱起來，看兒子氣呼呼的樣子，有些好笑：「姐姐又欺負你了？」

岑小風哼了一聲不說話，岑小星坐在地上大喊道：「我摔到了，要爸爸親親才能起來！」

岑小風不可思議地抬頭看過去：「原來誰親親都可以嗎？」

岑小星插腰：「只有爸爸、媽媽和弟弟可以！媽媽說過，女孩子不能隨便跟人親親！」

岑小風不想跟她說話了。

收拾完屋子，又是午飯遊戲。大家本來以為帶著兩個小孩的岑風會特別辛苦，沒想到他居然是眾人之中最輕鬆的一個。

女兒精力旺盛，什麼遊戲搶著參加，完全不需要爸爸哄著做任務。兒子智商超高，雖然不愛說話，但總是能一眼看出節目組的套路，正確指導姐姐，用最快的速度完成任務。

這一天遊戲下來，岑風省心到不行，收穫了最多的食材，成最大贏家。

另外兩個爸爸因為孩子愛哭太難搞，任務完成得不好，連晚飯食材都沒拿夠，大家一合計，決定到岑風的桃花房一起做晚飯。

本來以為岑風這樣的大明星對廚房一竅不通，沒想到他什麼都會，動作熟練，明顯是經常下廚的架勢。

大家不得不感嘆許摘星命好，嫁了這麼好的老公。但轉念想想，啊不對，許董之優秀世間少有，一時之間也不知道該羨慕誰。

院子裡來了其他小朋友，岑小星別提多開心了，本來要出去跟他們玩的，但最後不知道想到什麼，居然沒去，而是跑到廚房幫爸爸洗菜，勤快到不行。

端菜上桌的時候，小女孩噠噠噠跑到攝影機鏡頭跟前，認認真真地說：「媽媽，妳看到了嗎？我很聽話哦，幫爸爸做了好多事，比弟弟還有用呢。」

在一旁跟小狗玩的岑小風氣到不行，在後面斥責她：「岑小星，妳這種行為就是媽媽經常說的拉踩！」

差點把周圍的工作人員笑死。

許摘星真是名不虛傳的大粉頭啊。

五對嘉賓聚集在桃花房，氣氛十分熱鬧，岑小風跟小朋友們接觸了一整天終於沒那麼高冷了，也跟著大家滿院子跑。

岑小星儼然成了孩子王，她就是有這種走哪都當老大的氣質，小魔女外號名不虛傳。

一直到月上中天，各位爸爸才抱著自家孩子離開，院子一下子冷清下來。岑風幫兩小孩洗完澡才自己去洗漱，岑小星換上媽媽準備的睡衣，趴在弟弟身邊說：「我好想媽媽呀。」

岑小風默了一下，小聲說：「我也是。」

岑小星轉身抱住弟弟：「為什麼媽媽不跟我們一起來這裡？」

岑小風說：「因為這是規則，我們要遵守規則。」

岑小星聽不懂，眼眶有點紅，要哭不哭地說：「我想媽媽，我想聽媽媽講睡前故事。」

岑小風嘆了聲氣，轉身摸摸姐姐的頭，哄她：「我講給妳聽，妳想聽什麼故事？」

岑小星眨眨眼睛，也知道這時候不能挑，「都可以！弟弟講什麼我都喜歡！」

岑小風想了想，用一種深沉的語氣說：「那我講《東方快車謀殺案》吧。」

岑風洗完澡回來的時候，岑小風剛講了開頭，把出場人物介紹完了，看到工作人員把手機遞給爸爸，說要跟媽媽視訊，立刻對姐姐道：「剛才我跟妳介紹的那幾個人全部都是兇手，故事結束。爸爸，我要跟媽媽視訊！」

岑小星：？

岑風坐在床邊打了視訊電話給許摘星，剛接通，兩小孩就爭相恐後地撲過來喊媽媽。

視訊裡的許摘星也已經洗完澡，半躺在床上。笑著跟自己的寶貝們打招呼：『姐姐、弟弟今天有乖乖聽爸爸的話嗎？』

「有！」

「我可乖啦！」

許摘星誇了孩子兩句才問岑風：『還好嗎？累不累？』

岑風笑意溫柔：「不累，他們很乖。」

許摘星當著鏡頭的面總是很害羞，只聊了幾句就要掛電話，岑風叫住她：「今晚是不是少了什麼？」

許摘星愣了一下：『什麼？』

岑風說：「睡前故事。」

他們正式在一起的那一天，她對他說，以後每晚都會給他講睡前故事，這麼多年來，就真的一天也沒少過。

有些故事已經翻來覆去講了很多遍，許摘星感覺自己都快成故事大王了，但這已經成了他們生活中不可缺少的一環。

許摘星有點不好意思：『等你回來了補給你。』

岑風不幹：「不行，不聽睡不著。」

許摘星有些懊惱，明知道他說的是假話，可從來捨不得拒絕他的要求，只能小聲說：『好吧好吧，那你和孩子們躺好，把手機放在枕邊，聽完就睡覺。』

岑風笑起來，依言關燈躺上床，姐弟倆聽說有媽媽的睡前故事聽，也都乖乖地躺好。

黑暗降下來，只有手機的光淺淺亮著，許摘星的聲音柔軟地響在夜色裡，勝過這世間一切溫柔。

一個故事講完，岑小風和岑小星傳出熟睡的呼吸聲。

她放低聲音，輕聲喊：『老公？』

岑風溫柔地應了一聲，低聲說：「我在，他們睡了。」

她笑了下，對著手機親了一聲，『你也睡吧，明天還要早起錄節目。』

他在黑暗中閉上眼，唇角笑意溫柔：「好，寶貝晚安。」

屋外月色清亮，星光正璀璨。

——《娛樂圈是我的，我是你的【第二部】燈火璀璨》番外完——

——《娛樂圈是我的，我是你的》全系列完——

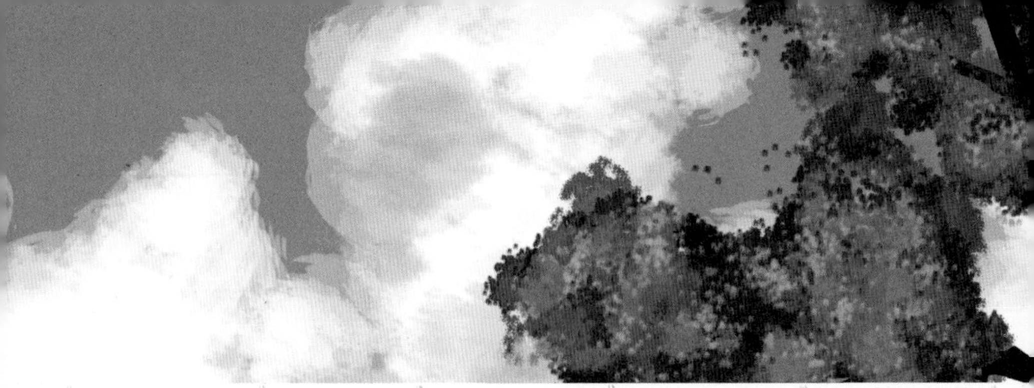

高寶書版集團
gobooks.com.tw

YH 104
娛樂圈是我的，我是你的【第二部】燈火璀璨（下）

作　　者　春刀寒
責任編輯　吳培禎
封面設計　茵萊登曼特
內頁排版　賴姵均
企　　劃　何嘉雯

發 行 人　朱凱蕾
出　　版　英屬維京群島商高寶國際有限公司台灣分公司
　　　　　Global Group Holdings, Ltd.
地　　址　台北市內湖區洲子街88號3樓
網　　址　gobooks.com.tw
電　　話　(02) 27992788
電　　郵　readers@gobooks.com.tw（讀者服務部）
傳　　真　出版部(02) 27990909　行銷部 (02) 27993088
郵政劃撥　19394552
戶　　名　英屬維京群島商高寶國際有限公司台灣分公司
發　　行　英屬維京群島商高寶國際有限公司台灣分公司
初　　版　2022年9月

本著作物《娛樂圈是我的[重生]》，作者：春刀寒，由北京晉江原創網絡科技有限公司授權出版。

國家圖書館出版品預行編目(CIP)資料

娛樂圈是我的,我是你的. 第二部, 燈火璀璨/春刀寒著. -- 初版. -- 臺北市：英屬維京群島商高寶國際有限公司臺灣分公司, 2022.09
　冊；　公分. --

ISBN 978-986-506-515-7(上冊：平裝). --
ISBN 978-986-506-516-4(中冊：平裝). --
ISBN 978-986-506-517-1(下冊：平裝). --
ISBN 978-986-506-518-8(全套：平裝)

857.7　　111013114